文明開化の歌人たち

『開化新題歌集』を読む

青田伸夫 著

大空社出版

カバー絵「横浜海岸鉄道蒸気車図」(大錦三枚続)
三代広重（1874・明治 7 年か）
横浜市中央図書館蔵

はじめに

『開化新題歌集』（全三編）は、明治十年代に出版された古い歌集であるが、ここには開化の文物が当時の歌人たちに競って生き生きと歌われ、近代日本の開けゆく姿を興味ぶかく辿ることができる。収録された歌は三編合計で一四九一首に上る。明治史に関心の有る無しにかかわらず、この歌集を一読したいと思う人は世に少なくないはずである。

だが、この歌集は第一編がかつて再刊されたことがあるものの古く、いまでは手に入れにくい上、第二編以降は再刊もなく、かつ原典は草書体の崩し字と来ているので、全巻を読み通すことはなかなか困難である。

ふとした機会に私はこの書に強く惹かれ、是非とも全巻を読みたいと切望するようになった。結局、後の二編は自力で読むほかないと知り、鈍牛の歩みさながらに執念と根気をもってようやく読み終えたのである。だが、全編通読ができるようになると、今度は歌集の成り立ちや主な作者の来歴なども知りたくなり、さらに歌集の成立事情や特殊な歌題の意味も知りたいと願うようになり、その結果、諸書を調べることになった。その果てには歌集の解説を書く気になり各編の注目作を選び出して鋭意執筆したのが本書である。

この大歌集、全三編一四九一首の数字は「万葉集」の約三分の一の大きさであるが、すべてが題詠の歌である。歌の募集に当たって、まず編集側から歌題を提示し、歌人たちに詠ませた歌を選りすぐって集めた集である。編集者の名は大久保忠保、この人の来歴はよくわからないが、或る本に「東京府士族」と書いたものがあるので、旧幕臣であったことは間違いない。刊本の準備期間は十分に取られたことであろうが、刊行は第一編が明治十一年、第二編は同十三年、第三編はその四年後の明治十七年に刊行されて、前後七年で完成している。

刊行時の時代の特色をのべると、明治十一年は最大の内乱であった西南戦争が終わった翌年で、政治は未だ太政官制であり、太政大臣は三条実美が務めていた。実美は尊攘派の公家で七卿落ちの一人であり、また政治家でもあった。『梨の下枝』という歌集があるが、その中に、

　身にあまる国の重荷をかつぎては氷をわたる心地こそすれ

という痛切な歌があって、激動の時代を国家の先頭に立って生き抜いた人であることがわかる。終巻の第三編が出版された明治十七年になると国情もやや安定化の兆しが見えるが（太政官制を廃し内閣制が採用されたのは明治十八年十二月）、この多彩な『開化新題歌集』には実美の歌は一首も入集していない。

ところで、この「文明開化」が今日どのような評価を与えられているか、知って置くことも必

要であろう。

たとえば、一般的な歴史辞典（『角川日本史辞典 新版』平成八年〈平成十五年八版〉）にはこうある。「明治初期の文化面での近代化現象をいう。明治政府は資本主義化のため富国強兵・殖産興業政策をとり、欧米の近代的技術・経済・風俗習慣を輸入し、個人の衣食住や生活規範などに影響をあたえた。（…）しかし、これらは一面では都会や知識人を中心とした欧化であり、西欧文明の摂取のしかたは一面的なものであった。」（昭和四十一年の初版、同四十九年第二版以来、一部字句の変更あるものの基本的に変わりない。）評価は高いと言えないだろう。

また、他の辞典（『国史大辞典』平成三年）によれば「明治三（一八七〇）、四年より十四年、ひろくとって二十年代初頭に至る、主として文化・風俗にかかわる時代の雰囲気をさす歴史名辞。文明も開化も、ふるくから使われてきた言葉だが、これを接合して四字熟語とした用例のはじめは、慶応三年（一八六七）十二月校了の、福沢諭吉『西洋事情』外篇であろう。（…）文明開化の開放と啓蒙思想の影響は、権利の意識を育てる母胎であった。やがて自由民権運動の高揚の時代が到来する。政府も民権派も、ともに文明開化を正の価値として争いあう状況が始まる。（…）いわゆる鹿鳴館時代を経て明治二十年に入ると、文明開化なる用語が正の表象としての地位を喪失する。ここに文明開化の時代は、名実ともに終焉をむかえることになる。」年代がかなり特定されているとはいえ、今日的評価が正か負かの判断は読者に委ねられているということだろうか。

本書の構成について簡単に述べて置きたい。
まず導入部として『開化新題歌集』全三編の全体像を略述する（『開化新題歌集』とは）。本文「『開化新題歌集』を読む」では、原典各編から歌題または作品の注目作を抄出し、簡単な解釈をつけた。さらに寄稿者と作品についてさまざまな観点から分析を加え考察し、最後に、主要歌人六十三名の略歴をまとめた（収載歌人の人と歌をめぐって）。今まで世に余り知られなかった明治前期の歌人たちの素性・経歴が少しでもわかれば本集の歌にも親しみが湧くと思うのである。

平成二十九年十一月

青田伸夫

・漢字は原則として現在通行の書体を使用した。
・人名の表記は原典にならうを基本とした。
・『開化新題歌集』は単に『開化集』と略すことがある。

目次

歌題目次（五十音順索引は巻末）

一編

二編

三編

『開化新題歌集』とは

『開化新題歌集』全三編の概略を示すと次のようになる。（初編表題に「一編」はないが、以下編数を付す。）

大久保忠保編輯　『開化新題歌集（一編）』恪堂、明治十一年《1878》十一月
表紙、序五丁、本文二十五丁、作者姓名四丁、奥書（表紙）
収録歌題一六六、歌数四七二首、作者数一三六人

同　編輯　『開化新題歌集二編』金花堂、明治十三年《1880》十一月
表紙、（題字）、序、目次七丁、本文二十四丁、作者人名四丁、奥書（表紙）
収録歌題一七七、歌数四七〇首、作者数一四六人

同　編輯　『開化新題歌集三編』金花堂、明治十七年《1884》一月
表紙、序二丁、目次三丁、本文二十九丁、作者人名四丁・奥書（表紙）
収録歌題二二三、歌数五四九首（長歌二首、反歌二首含む）、作者数一三四人

第一編表題の「恪堂（蔵梓）」は編者大久保忠保の雅号。「恪」はつつしみ、つつしむの意味があり、「精励恪勤」の「恪」でもある。編者忠保の人柄が偲ばれる。全三編とも国立国会図書館デジタル

コレクションで公開されているのでインターネットで閲覧できる。このうち第一編のみ『現代短歌大系　第一巻（創成期）』（河出書房、昭和二十七年）で活字で読むことができる。

「はじめに」で述べたように、『開化新題歌集』は編集側から提示した歌題に応え歌人たちが詠んだ歌を選りすぐって集めたものである。主な出詠メンバーを挙げると高位の公家では近衛忠煕（元関白）、久我建通、嵯峨実愛と言った人がおり、武家には松平慶永（春岳）のような元藩主の歌も見られる。各編の序文の作者には一編を星野千之（旧幕臣）が書き、二編は編者の大久保忠保（旧幕臣）が書き、三編は佐々木弘綱のような民間歌人が書いている。明治九年《1876》に設置された宮中文学御用掛のメンバーである三条西季知や近藤芳樹、渡忠秋、力石重遠、松平忠敏、小出粲らの名前も見られる。一見、官民共同体を思わせる。また、明治十年に山田謙益によって選定された『明治現存三十六歌撰』からは二十名前後の歌人が参加出詠している。

出詠者は戊辰戦争や西南戦争の戦跡の地は除かれて、やはり多いのは東京在住者である。その他、佐渡や東北などの各地に渉って広範である。僧侶や神官、女性の歌も散見されて興趣が深い。ここで言えることは、当時の歌を詠む人たちが個人的にしっかりした考えを持ち、時代の行方を気にしながら懸命に詠んでいることである。日本人の精神的なエネルギーを見ているような気がしないでもない。

出詠歌数について言えば、出詠者一人一人に当てがわれた歌数はまちまちで、百人一首のように一人一首に限定することなく、実力者には十首、二十首、三十首と多作させている。中でも目立つのが林信立という歌人で、三編通して計四十一首も詠んで最高である。彼は終りの第三編に締め括りとして「写真店」と題する長・反歌を提出し、意味深長な心境を吐露している。

今回『開化集』原典（全一四九一首収載）から抄出した歌題と作品の数は以下のようである。合計歌題二〇七、作品四三一首となった。

一編　歌題八十一　作品一六一首
二編　歌題五十二　作品一二六首
三編　歌題七十四　作品一四六首

各編の巻頭・巻末の歌は編集者が特に重点的に配置したものと思われるので、必ず抜いている。例を挙げると一編巻頭の歌題は明治改暦の「大陽《ママ》暦」が置かれ、巻末は「琉球潘」が置かれている。二編の巻頭歌題は「国旗」（日の丸の旗）、巻末歌題は「西洋馬具毛覆」である。最大の集の三編では、巻頭に祭日の「元始祭」が置かれ、巻末は編者忠保の自作であるフランスの「那勃翁《ナポレオン》一世」が置かれている。なお、選んだ歌題・和歌とも配列は原典の順である。

本書では全体の三割弱の作品を選び鑑賞したことになるが、『開化新題歌集』全三編を見渡せればと、収録全歌題と多作された歌題の一覧、および全体像を表にまとめてみた。参考になれば幸甚である。

『開化新題歌集』全三編・歌題一覧

分類は著者が仮に付け、「生活」は小項目に分けた。
配列は編・分類ごとに掲出歌数の多い歌題順とした。
アラビア数字は歌数を示す。

分類	一編	二編	三編
生活	（年中行事） 天長節 5 大陽暦 4 墨水流灯 4 新年宴会 3 紀元節 2 日曜日 2 一月一日 1 避暑休暇 1	（年中行事） 春秋二季祭 3 暑中賜暇 2	（年中行事） 元始祭 6 神武天皇祭 6 春秋皇霊祭 5 紀元節 3 春季皇霊祭 1 孝明天皇祭 1 天長節 1
	（飲食） 氷売 17 牛乳 3 西洋料理 1 巻煙草 1 牛肉 1 肉店 1	（飲食） 鹿鮭罐漬 3 夏氷 3 牛乳 2 南京米 1 棒砂糖 1 西洋菓子 1	（飲食） おいらん酒 9 落花生 2 松葉海苔 2 味付海苔 2 精養軒 1 麦酒 1 氷売 1
	（住居） 煉化石室 8 玻璃窓 4 暖炉 2 避雷針 1 斜扉門 1	（住居） 椅子 5 絨緞 3 駆虫珠 3 石鹸 2	（住居） 硝子障子 1 倚子 1 玻璃窓 1 西洋門 1
	（照明） 瓦斯灯 14	（照明） 瓦斯灯 7	（照明） 電気灯 12 瓦斯灯 5
	（服装結髪） 断髪 4 廃刀 3 鳶被 2 勿大小 1 欧布 1	（服飾） 時計 10 香水 6 剪髪舗 3 袂時計 2 斬髪 2 洋服 1 靴 1	（服飾） 日本婦人着洋服 9 斬髪 2 芸妓耳環 2 外套 1 指輪 1 香水 1 帽子 1
	（用具） 照影 22 蝙蝠傘 8	（用具） 晴雨計 6 策杖 2	（用具） 鶏肉膠 1 護謨 1

分類	一編	二編	三編
(生活)	(用具) 寒暖計 4 石脳油 3 喞筒 2 望遠鏡 2 検震機 1 摺附木 1 室内銃 1 大和杖 1 (趣味娯楽) 洋画 1 雅楽稽古所 1 欧花 1 松葉牡丹 1 京都歌舞練場 1 鵜鳥猟 1 洋犬 1 (雑) 欧婦 2 欧人 2 権妻 1	(用具) 蝙蝠傘 2 貯声器 2 大時計 1 風雨計 1 検震器 1 聾唖聞音器 1 撮影 1 寒暖計 1 (娯楽) 玉転 5 射的 3 洋犬 1 (雑) 屠者 4 鉄女墻 4 油絵 2	(用具) 空気枕 1 摺付木 1 晴雨計 1 石盤 1 石鹸 1 策杖 1 (娯楽) 菊人形 11 祝日花火 8 写真店 4 夜会 2 祭日花火 2 花瓦斯 1 風船 1 射的 1 (雑) 権妻 1
		避雷針 2	
交通乗物	汽船 17 汽車 16 馬車 13 人力車 12 軽気球 11 鉄橋 5 万代橋 5 灯明台 3 鉄道 2 停車場 1 鎧橋 1 浮標 1 佃島灯台 1 汽船出港 1	自転車 15 汽車 8 川蒸気船 5 舷灯 3 汽船 3 人力車 3 軽気球 2 水先案内 1 男女同車 1	鉄道馬車 10 夜汽笛 4 軽気球 3 汽車 3 人力車 3 自転車 1 馬車 1 鉄蹄 1
土木		道路修繕 7 隧道 5 灯明台 1 停車場 1 街灯 1	仙川上水再起 2 鉄橋 2 隊道 2 煉化石室 1 爆発薬 1 鉄道 1
建築		五層楼 1 西洋飾 1	

分類	一編	二編	三編
通信	電信機29 郵便13 飛脚船1	電話器12 電信機9 端書郵便8	泳気鐘8 海中電線7 電信機3
		郵便3 駅逓2	日影伝信1
新聞	新聞紙8 新聞記者2 読売新聞1	新聞紙8 新聞記者1 読売新聞1 絵入新聞1	新聞停止6 新聞紙3
金融		華族銀行5 私債3 国債1 金禄公債1 洋銀相場1 紙幣1	紙幣2 白金1 天保通宝1 物価騰貴1
産業経済	開拓1 活版2 富岡製糸所2 国立銀行2 楮幣2 育種場1 横須賀造船場1	紡績器械4 洋紙製造4 海外出店1 鉱山1 石炭1	

分類	一編	二編	三編
	王子製紙場1 器械製紙場1 円金1 造幣1 貿易1 測量1 製鉄1		
商工		魚鳥市場4 牧牛場2 鯨漁社2 物品配達1 観工場1 西洋染粉1 洋紅1 造船所1 複写版1	市中勧工場3 身代限2 写真2 米市場1 地券1 勧業1 水産物1 女工場1 靴商1
文教	小学校14 博覧会9 幼稚園4 石盤3 地球3 外国語学校2 女学校2	商業夜学校5 小学校4 洋算3 教育博物館3 裁縫学2 外客看劇2 化学2	水産博覧会6 外人和学者5 絵画共進会5 観古美術会4 小学生徒4 小学校4 博覧会4

分類	一編	二編	三編
（文教）	農学校2 洋学生2 女生徒2 女教師1 洋学1 華族学校1 工学校1 訓盲院1 東京書籍館1 植物園1 博物館1 筆算1 翻訳書1 天理1 究理1 地球儀1 文化日新1	洋学2 小学読本1 女学校1 女教師1 洋書1 洋学書生1 教育論1 幼稚園1	外国人留学2 石版写真2 女生徒2 訓盲院2 俳優教導職1 養育院1 生徒卒業1 公立学校1 博物館1 幼稚園1 窮理学1
宗教	説教5 洋教3 神道大教院1 神道事務局1 礼拝堂1 僧侶妻帯1	神葬3 耶蘇教会1 僧侶妻帯1	新約全書3 造物主2 僧侶妻帯2 神葬祭2 耶蘇教1
政事 行政	男女同権10 国旗4 巡査4 招魂社4 復古2 自主自由2 新平民2 賞勲牌2 懲役2 立憲政体1 廃藩1 廃関1 元老院1 警視分署1 民選議院論1 洋行1 外国交際1 府県会同1 墨水行幸1 和魂1 開明日新1 新都1	靖国神社10 国旗8 日本帝国8 外婚7 代言人7 無人島開拓7 演説会6 沖縄県6 上野公園6 媒助法6 賞盃5 国事犯5 開拓移民4 万国公法3 水上警察3 貴官護衛3 委任状2 各国条約2 祝砲2 公使謁見2 府会区会議員2 外賓連到1	廃城10 立札8 大審院4 日本銀行4 貯蓄銀行4 万国交際4 工部省3 皇典講究所3 民権3 議官3 根室県3 国旗3 郵便3 外務省2 文部省2 農商務省2 治安裁判所2 京都府2 府県会2 懲役人工事2 憲兵2 招魂祭2

分類	一編	二編	三編
政事（行政）	幸遇開明世1 廃官1 馬車退庁1 新進貴官1 地租改正1 臨時招魂祭1 徒罪1 琉球藩1	郡区役所1 郡区長1 条約改正1 衛生局1 朝鮮開港1 勧解1 徴兵使1 外国勲章1 午砲1 洋行1 交際1 説教1 租税1 芸妓税1 国会1 裁判1 自主自由1 巡査1 平民1 廃関1 節制1 懲役人1 外国航海1 府県会議1	開拓移民2 懲役人2 外国人入籍2 廃関2 司法省1 大坂裁判所1 控訴裁判所1 裁判所1 駅逓局1 大阪府1 大教院1 教導職1 山林会1 御陵墓課1 函館県1 賢才登用1 新進貴官1 国事犯1 戎服1 朝政一新1 上野公園1 郡長1 特命全権公使1 外国公法1 午砲1 静岡県1 全国測量1 測量1 文明開化1 新平民1 外婚1 陰陽暦1 交易1 煙草税1 巡査1 祝砲1 芝離宮1
政党			演説会4 自由党3 改進党2 自由主義1 自主自由1 官権主義1 青年会1

分類	一編	二編	三編
皇室		犬追物御覧8 禁園縦覧5 公園臨幸3 植物御苑2 御巡幸2 延遼館1 騎射御覧1 歩射再興1 撃剣復古1 御園釣橋1 皇居新築1 女官著靴1	外国人詠歌15 御歌会始9 皇城新築5 兎狩行幸1 奥羽御巡幸1 勲位1
皇族 華族		華族独歩10 俳優被愛貴族1	皇族留学2 皇族洋行1 華族1
士族	士族帰農2 士族商法2 士族1 士族引車1 家禄奉還1 奉還金1 禄券1	士族帰農1 士族合力1	帰農2 奉還金1
軍事 兵事	練兵4 徴兵1 近衛兵1 陸軍1 陸軍兵学校1 陸海軍1 海軍1 海軍始1 軍艦1 魯土戦争1		徴兵5 兵士帰旧里3
医療	種痘5 黴毒検査5 病院3 起廃病院1 養育院1 西洋医術1	漢医1 洋医1 劇薬厳禁1 産婆生徒1 避病院1 虎烈羅1	宝丹4 衛生法4 千金丹2 精錡水2 医師開業2 伝染病予防1 石炭酸1 種痘1 顕微鏡1 洋薬1
朝鮮			朝鮮人留学5 朝鮮修信使2 朝鮮謝罪1

分類	一編	二編	三編
(朝鮮)			朝鮮条約1 朝鮮開港1 朝鮮在留公使1 韓客入朝1
			朝鮮人来遊1
外国交際			外国有友人6 横文2 外国人謡曲1 恋欧婦1
外国偉人			華盛頓3 那勃翁一世3 瓦徳2 戎孫1
舶来動物			七面鳥9 尾長猿5
演劇		俳優乗馬7 夜演劇2 外国俳優1	
歌舞			能楽堂5 洋楽3 倭舞1 吉備楽1
遊興			紅葉館13 市中温泉10 美人会6 汽船旅行5 下等劇場3 貸座敷1 海外旅1 洋馬1
遊里	貸座敷2 隠売2 娼妓開放2 娼家写真1		
雑		隠売女2 福田会1 娼妓写真1 詿違1 違式1 西洋馬具 毛覆1	隠売女1 日本刀洋装1

『開化新題歌集』多作歌題一覧

編中10首以上の歌題を多い順に挙げた。
太数字は順、歌題下の数字は歌数を示す。

	一編	二編	三編
1	電信機 29	自転車 18	外国人詠歌 15
2	照影〔写真〕22	時計 13	紅葉館 13
3	汽船 17	電話器 12	電気灯 12
3 / 4	氷売 17	華族独歩 10	菊人形 11
4 / 4 / 5	汽車 16	靖国神社 10	鉄道馬車 10
5 / 5 / 5	瓦斯灯 14	電信機 9	廃城 10
5 / – / 5	小学校 14		市中温泉 10
6	郵便 13		
6	馬車 13		
7	人力車 12		
8	軽気球 11		
9	男女同権 10		

『開化新題歌集』全体像

	歌題数	歌数〔A〕	多作歌数〔対A%〕	作者数
一編	166 (81)	472 (161)	188〔39.8〕	136 (80)
二編	177 (52)	470 (126)	72〔15.3〕	146 (89)
三編	223 (74)	549 (146)	81〔14.8〕	134 (80)
合計	566 (207)	1,491 (431)	341〔22.9〕	416 (249)

(　)は本書で取り上げた数を表す。
三編には長歌(歌題)・反歌各2を含む。
作者数合計は延人数である。

『開化新題歌集』を読む

一編

（序）

歌は心をたねにて　見るものきくものにつけて　いひ出せるなりといひしふるごとは、うひ学びの輩もしらでやはある。今　ゆゐしん開化の御代となりて西洋の国々とむつび、其国どものふりにまつりごたせ給ふときにしあれば、見るもの聞物むかしにあらぬものぞおほかりける。かれ　おほやけよりも月次の御題にてさる歌を人々によませ給ひ、わたくしにも其見るもの聞物を題にて歌よむもの　やうやくいできにけり。此頃　我友大久保忠保ぬし、今の世にまのあたり見るものきくものを題にして　人々にこひそこばくの歌を得て木にゑらむとす。かのふるごとにもかなひて、いといとめでたくぞ有ける。しかるに開化におそき歌よみたちは、むかしより見なれききなれたる　いうにみやびかなる題こそよけれ。いかにさうなきわざはせんとて、歌をもおこせずしてつまはじきをぞすなる。さはれ　歌よまむ人の心のさとびたらむには、月花の題もせんなく　みやびかならむには　汽車風船のたぐひもそのことの葉にさき出ん花、はた　にほはずてやはあらむ。あはれ　つまはじきすなる人たちよ、いざたまへ、かたみに開化心をふるひおこして　ひろき此道をいや踏みにふみひろごしむか、今の歌もの語せんよ。

むぐらにもつゆはおきけり　天地のひろきこころをこころともがな

星野　千之

明治十一年十月

（序　現代訳）

（古今集は）歌は、人の心を種として、見るもの聞くものにつけて言い出すものだと言っているが、この故事は初学の人も知ることである。今は文明開化の時代となって、西洋の国々と親しみ、その国々の慣例に従って政治をおこなう時であるから、見るもの聞くもの昔に無いものばかりである。それ故、宮中でも月例の御題でそのような歌を人々にお詠ませになり、私的な会でも見るもの聞くものを題にして歌を詠む者がようやく出てくるようになった。最近、わたしの友人、大久保忠保編者は今の世の見るもの聞くものを歌題にして人々に歌を乞い、かなりの数の歌を得て版木に彫ろうとしている。古今集の故事にも適って、大変よろこばしいことである。しかるに開化に遅い歌詠みたちは、昔より見慣れ聞き慣れた優に雅やかな題こそ良いのである。どうしてそのような無理をするのかと言って、歌を作ろうともせず爪弾きするばかりである。とにかく、新しい歌を詠もうとする人の拠り所には月花の題も仕方なく、雅やかをめざすなら汽車や軽気球のたぐいも言葉に咲き出る花であろうから詠まずにおられようか。あわれ、爪弾きする人たちよ、さあ、いらっしゃい。お互いの開化ごころを揮いおこし、この広い道を大いに踏みひろげようではないか。そして今の歌語りをしようではないか。

むぐらにもつゆはおきけり　天地のひろきこころをこころともがな
（野の雑草にも露は隈なく置くものである。この天地の広いこころを皆も持とうではないか。）

明治十一年十月　星野　千之

短歌の世界にも開化の精神を取り入れて積極的に新文物を詠もう。そして歌がたりをしようという画期的な宣言である。作者の星野千之は旧幕臣、元外国奉行や禁裏付を勤めた。『明治現存三十六歌撰』の一人。

＊　＊　＊

大陽暦

巻頭第一首目の歌題は「大陽暦」である。表記は「太陽」を「大陽」と書く。太陽暦の採用は、欧米の諸国に倣い、文明開化促進のために採用されたのである。地球が太陽の周囲を一回りする時間を標準として決められた暦である。改暦の日は旧暦明治五年十二月二日の翌日を明治六年《1873》一月一日とすることに決められた（詔書）。

天《あま》つ日のあゆみにならふ暦にもひらけゆく世のしるしみえけり　横山　由清

太陽暦の歩みに習った暦を採用すること自体が開化の世のしるしである。

ひととせにふたたび春をむかへにしきのふは月の空ごとにして　蔵田　信中

「春」は正月の意。前述のように明治五年十二月三日を明治六年一月一日に政令で繰りあげたのでその年は十二月がなくなった。それ故、「明治五年十二月」は「空ごと」だったと言う。

あまつ日の正しき道に立かへり月の名さへに改《あらたま》りけり　岡野　伊平

太陽暦の正しさを認め、師走を睦月に読み替えたことを歌ったものか。

＊

一月一日

この歌題は、前の歌の明治六年一月一日を受けてのものか。

あらたまるけふとてこころにかはらねばくるるもたつも心なりけり　　近藤　芳樹

（改暦と言っても）自分の心に変わりさえなければ、暮れるのも立つのも同じく心次第である。

＊

電信機

電信機は安政元年《1854》、ペリーが二度目に来朝したとき幕府に献上したもので、米人モールスが発明して以来十七年目のことになる。維新政府はこれを取り上げ、明治二年《1869》十二月から一般公衆用に電信として施行した。

ことのはのかよふをみれば風の音の遠きさかひはなき世なりけり　　三条西季知

電信を「風の音の遠きさかひはなき」と表現し、驚きと実感を込めた秀歌。

これやこの天はせつかひ一すぢにかよふことばも時の間にして　　本居　豊穎

電信を「天はせつかひ（天馳使）」の古語で捉えたところがおもしろい。

時のまにちさとをかよふ稲つまのたより嬉しき御世にもあるかな　　木場　清生

「ちさと」は千里。電信を「稲妻の便り」と言ったところに工夫がある。

そこひなき思ひはかりぞわたつみの千尋の底もかよふ便りは　　鈴木　重嶺

「そこひ」は底に同じ。「思ひはかり」は思慮に同じ。電信は海の底もかよう便りだという驚きの歌。

まなばざる人ぞやましき教ふれば金《かね》の糸すら文字をしる世に　　屋代　柳漁

学問を学ばない人には不愉快だが、教えれば金の糸（銅線）だって文字を遠く伝えることができるのだ。

まのあたり語らふばかり千里までこととひするぞあやしかりけり　　高橋　蝸庵

目の前で語るように千里の先の人と話し合いができる電信とは妖しいものだ。「こととひ」は言問い。

＊

郵便

日本では古くから駅制が布かれ、公用文の送達がなされた。その後、公用飛脚の制が整い、江戸時代には町飛脚があらわれ、民間の通信も扱われていた。近代的郵便制度が国営で始められたのは明治四年《1871》三月のことで、先ず東京・大阪間に実施された。

ふみかよふ道もひらけて遠つ人かりのゆききを待つ国もなし　　伊東　祐命

「ふみ」は手紙。「遠つ人」は、かり（雁）にかかる枕詞。郵便制度が出来て昔のように雁のおとずれ（中国の故事）を待つ国もなくなったとの歌意。

千里をも今は隣と玉づさのゆききしげかる世にこそ有けれ　伊藤　春信

「玉づさ」は手紙。ふみ。千里も隔たった所でも隣のように手紙のやりとりが頻繁にできるようになった。

此のふみのたよりあまねし薩摩潟沖の小島も蝦夷の千島も　瀧村　鶴雄

手紙のやりとりが国中でできるようになった。薩摩の海の沖の小島や北海道の先の千島までも。

ききしより思ひしよりもはやきかな千里のをちのふみの音づれ　佐々木高範

聞いていたよりも思っていたよりも千里も遠いところにも手紙が早く届くようになった。有り難いことだ。

＊

汽車

蒸気機関車で牽引する列車を言うが、ジョージ・スティヴンソンが実用化した汽車が運転されたのは一八二五年のことである。当時の汽車は一時間約二十三キロを走った。その後、各国で急速に鉄道を布設する気運が生まれた。わが国では幕末にロシアの使節プチャーチン、アメリカの使節ペリーがそれぞれ模型の汽車を紹介したことに始まる。明治政府は明治五年《1872》新橋・横浜間に十八マイルの鉄道を完成させた。同七年から十年にかけて神戸・大阪・京都間が開設された。

見わたせばけぶりは雲に立《たち》かねてなびきなびきてゆく車《くるま》かな　風早　公紀

汽車を目撃して「けぶりは雲に立ちかねてなびきなびき」はなかなか巧みな表現でスピード感を言いえている。

年月をむかしは矢にもたとへてきかかる車のありと知らずて　鈴木　重嶺

上句は中国の諺「光陰矢のごとし」を受けて言った。このようなスピーディな乗り物があるのを知らなかったというのが歌意。

翅《つばさ》えて雲路《くもぢ》をかけるここちせりこや今の世の天《あま》の鳥舟《とりふね》　大熊　弁玉

翼が生えて空を駈けるような気がする、これはまるで「天の鳥船」のようだという驚きの歌。

すすみゆく御世《みよ》の姿はときのまに千里をはしる車にぞしる　八木　雕

文明開化の姿は時の間に千里をはしるこの汽車の出現によって知られる。

時の間に千里をはしる車には翅《つばさ》くらべて飛ぶ鳥もなし　伊東　祐命

汽車の速さは無類で、翼をくらべて飛ぶ鳥もないくらいだ。

＊

汽船

蒸気で航行する蒸気船のこと。初期時代の汽船は、帆船の補助を蒸気機関がつとめるものだったが、帆船から完全な汽船となったのは一八八〇年代になってからである。日本人が初めて汽船を見たのは嘉永六年《1853》で、世人は「黒船」といって驚いた。安政二年《1855》にオランダの献じたスームビングを観光丸と命名し、これで航海を学び始め、万延元年《1860》、日本人の船として、成臨丸が初めて太平洋を横断した。明治四年《1871》には東京・横浜間一日二往復の定期航路が開かれた。ところで、黒船来航に驚いた狂歌「泰平のねむりをさます上喜撰たった四はいで夜も寝られず」は明治の作だとしてこの頃引用されなくなったが、制作時点と作者名がわかり、嘉永六年、江戸日本橋の書物問屋山城屋佐兵衛から国学者の色川三中《みなか》に宛てた書状に記載された嘉永の作と判明した。（齋藤純〈史料紹介〉「開国史研究」第十号）

はしりゆく浪にけぶりは残れども船は跡なくなりにけるかな　藤井　行道

汽船の速力の速さを詠む。船は去っても煙が波間にのこる後の景を作歌。

わたのはら行《ゆき》かふ舟に立《たち》のぼるけぶりもしげくなれる御世かな　中島　歌子

海上を行き交う船の煙がしげくなった繁栄ぶりを詠む。

世をやすくわたる舟とは見ゆれどもほのほの家は逃れざりけり　屋代　柳漁

「ほのほの家」とは仏教の火宅のこと。世をやすやすと渡る汽船だが、結局は火宅に過ぎないと皮肉った歌。作者は元旗本で歌を逆手に書いた異色の歌人。

吹く風のちからたのまぬ艦《ふね》見てぞたくみし人のちから知らるる　古城　俊平

風を恃《たの》まず自力で速く走る艦を見てこれを作った、外国人の能力に思いを馳せた作。

たなびきて残るけぶりの消えぬまに消えて跡なき舟ぞあやしき　大平　淡

煙の消えぬ間に姿を消した船のスピードに素朴に驚く歌。

＊

軽気球

一七八三年（天明三）にフランスのモンゴルフィエ兄弟が紙の気嚢に熱した空気を詰め、人を載せて揚げたのが、人類最初の気球による飛行のはじめであった。日本では島津製作所の初代社主・島津源蔵が苦心の末に制作し、明治十年《1877》十二月六日、京都仙洞御所の広場の大観衆の前で人を載せて三六メートルの高さまで飛揚させたという記録がある。大変な前人気で四万八千枚の観覧券はみな売り切れたという。球体の材料には樹脂を塗布した羽二重を用い、水素ガスを圧入して用いた。

出詠歌にも「工みの舟」とか「かろき気による」とか「くらげなす」とかかなり具体的な表現があるのに注目する。歌題としても世人の関心を集めたようで、本『開化集』一編の序や第三編の序にも引用されている。

そのかみにかかる工《たく》みの舟あらば竹の乙女《をとめ》は月にかへさじ　足立　正声

その昔にこのような軽気球が存在したならばかぐや姫を月の世界には帰さなかったものをという歌。「竹の乙女」は『竹取物語』のかぐや姫のこと。

ひらけゆく人のたくみの妙《たへ》なるか雲のうへゆく舟も有けり　山田　信興

人智が進んで雲の上をゆく舟（軽気球）が出来るようになった。驚くべきことである。

しら波のうへもおもへばやすからず空ゆく舟よいかが危ふき　海老原義明

上句は「白波の上をゆく舟も危ういのに」と問いかけ、「空ゆく舟」はどうだろうと案じた歌。まるで飛行機を予見しているようだ。

人をさへのせて遥《はるか》に天飛ぶやかろき気によるわざぞあやしき　横山　由清

空気より軽い「気体」によって人間を乗せ空とぶ技術がある。妖しいものだ。

空の海雲の浪間にくらげなすただよひのぼる舟のあやしさ　猿渡　容盛

「くらげなす」「ただよひのぼる舟」に作者の空想力を見ることができる。

＊

馬車

幕末、横浜居留地の外国人が初めて使用し、異人馬車と呼ばれた。その後、日本人の間に広まり、宮中その他上流階層の乗用車として用いられた。乗合馬車の創始も外国人に始まるが、明治二年《1869》頃には、東京・横浜間を、ついで東京市内を二頭立て・四頭立ての乗合馬車が走り廻るようになった。

小車《をぐるま》をつばさとなして雲雀《ひばり》毛《げ》の駒かけるなり路もとどろに　蔵田　重時

馬の毛色を「雲雀毛」としたので「車」を翼と称して速度の速さを表わした。「路もとどろに」に実感がある。

ひらけゆく世の魁《さきがけ》の馬くるま心ののらぬ人なかりけり　木場　清生

開化の世のさきがけの馬車は実際に乗らずとも心の乗らぬ人はなかった。

たをやめの玉手たづさへ馬車大路《うまぐるまおほぢ》せばしと乗る人やたれ　小原　燕子

淑女の玉のような手をたずさえて大路せましとばかり馬車に乗る人はどこの誰だろう。

いにしへのうしのあゆみに引かへてひまゆく駒の小車ぞ疾《と》き　八木　雕

昔は牛車だったが、牛のあゆみに引き替え、馬の小車の走りの早いことよ。

息の緒を車にかけて引かせゆく駒のやつれのあはれなるかな　近藤　広徳

息の緒を車にかけて引かせゆく駒のやつれの哀れなることよ。

＊

人力車

明治二年《1869》頃、東京の八百屋鈴木徳次郎・和泉要助らの共同制作にかかるもので、その後次第に普及した。初めは車上に固定した四本の柱を立て、それに布を張り、屋根をかけるという簡単なものであったが、逐次、改良され美化されて幌の開閉も自由になった。最盛期は明治三十年前後で二万台を数えたという。顕官や富豪は自家用の人力車を持ち、お仕着せの法被を着せた車夫に曳かせた。まるで今日の自家用車でもあった。

このごろは高き賎《いや》しきおしなべて乗らぬ人なき路の小車　松平　忠敏

この頃は身分の高下を問わずみな乗らぬ人がない路の小車、人力車よ。

人の乗る車を人の引くみればあはれこの世をうしのなりはひ　屋代　柳漁

人の乗る車を人が引いている姿を見ると実にあわれで、この世にはうし（憂しに牛を懸ける）の生業をしている人もいるのだ。

手弱女《たわやめ》とあひのり車ひく人はうしろに心ひかれもやせむ　八木　朝直
淑女と相乗りの車を曳く車夫は幌の中の二人の客に心を引かれずにおれまい。

ひかるるも引くもひとしく国つ民《たみ》牛なすさまのあはれなるかな　風間　安
曳かれる人も曳く人も同じ民である。牛のやることを人が為すのは哀れなことだ。

大路ゆく車も今は牛ならで氏ある人の引く世なりけり　金井　明善
むかしは大通りをゆく車といえば牛の車だったが、今は氏ある人が引く世となった。哀れである。「氏ある人」は扶持《ふち》を失った武士のこと。「牛」と「氏」を掛けたもの。時代の変化を痛んでいる。

思ひきやとりし手綱をますらをが車にかへて引きなれんとは　伊藤　春信
馬の手綱を取った武士が今は馬を車に変え曳きこなしている。悲しいことだ。

杖たのみありくぞ今は八ちまたに車にのれといふがうれたさ　赤沢　宗凸
いまは杖を恃みにして歩いているのに巷に出ると車夫が車に乗れとせがむ。いまいま

（馬車）　人力車

しいことだ。

＊

小学校

江戸時代の庶民間の初等教育には寺子屋があり、明治初期まで引き続き存在したが、明治五年《1872》の「学制」によって一旦廃止され、その師匠が小学校の教員、寺子はその生徒に移るという形で、新しい小学校に転化していった。

里の子も文の林に入り立ちてみちをもとむる世となりにけり　中島　歌子

村里の子も文の林（学校）に入りびたって学びの道を求める世の中になった。

竹馬といふ子らもなしきそひあふ学びすすみに心のりつつ　鈴木　重嶺

竹馬に乗るという子らも無くなりみな学校で学ぶことに興味を示すようになった。

網引《あびき》する磯家《いそや》の蜑《あま》の子らまでも硯《すずり》の海をあさる御世《みよ》かな　美濃部禎女

磯辺に住む海女の子らも今は硯の海をあさるいい世の中になった。

＊

女教師

東京に女子師範学校が設立されたのは明治八年《1875》のこと。この歌は、女教師の姿を見ることがまだ珍しい頃に作られたものか。寺子屋育ちにとってはショックだったろう。

時めけるこれや教への師なるらむをみなながらも我は皃《かほ》なる　小俣　景徳

この人は今を時めく教師なのだろう。女ながらも自慢顔している。

＊

外国語学校

年表をたどると、やはり明治七年《1874》に愛知・広島・新潟・宮城に外国語学校が設立されている。まさに「いやしげりつつ」である。

こと国のことのはぐさも朝にけに教への庭にいやしげりつつ　吉村　美充

各地に外国語学校が設立され、朝夕、教えの庭に繁栄しつつある。

＊

女生徒

紫のこぞめの袴《はかま》うちきつつ靴ふみならしゆくは誰が子ぞ　星野　千之

紫の濃染の袴を着て靴を踏みならしゆく子よ、どこの誰の子なのだろう。

＊

新聞紙

江戸時代には瓦版と称するものがあったが、明治三年《1870》に最初の日刊紙「横浜毎日新聞」が創刊され、明治五年《1872》に「東京日日新聞」、同七年《1874》に「読売新聞」が創刊され、新聞は文明開化の担い手として盛行に向かう。明治十年《1877》前後は、自由民権運動が盛んになり政論新聞は条令などで弾圧を受けることもあった。「読売新聞」などは婦女子・庶民向きの編集で平易な文体で書かれたため、広く読まれたようだ。

待ちてさく梅の香よりもうれしきはあしたの窓にひらく一ひら　小中村清矩

待って咲く梅の香よりも嬉しいのは朝々窓辺に開いて読む新聞紙である。

天のしたありのことごと知られけりこや久延毘古《くえびこ》の神の一ひら　本居豊穎

天下のありとあらゆることを知ることができる新聞は物知りの神「くえびこ」のような紙片である。久延毘古神は古事記に出てくる神。今の案山子《かかし》。

新しくまためづらしき言ぐさをめざまし草と朝なさな見る　近藤正郷

新聞は新鮮でかつ珍しい事柄を載せるので目覚ましと思って毎朝見ている。

＊

新聞記者

よき種も悪しかるたねも拾へるは身のなりはひを計《はか》るなりけり　屋代柳漁

新聞記者が良い種も悪いと思う種も拾うのは自分の身のなりわいを考えるからであろう。

読売新聞

鳥の跡を踏むとはすれどよしあしも分かたずて読む人も有けり　伊藤　春信

文字を初めて作った人は中国の黄帝時代の蒼頡《そうけつ》という人で、鳥の足跡を見て作ったという。歌意はその故事を引いて、読売新聞でも読むには読むが訳もわからず読んでいる人もあるといふ歌。

＊

＊

照影

写真のこと。この『開化集』第一編では「照影」と表記するが、第二編以降は今日使われている「写真」の語に書き替えられている。写真はこの時代ではもっとも庶民に注目され愛用されたもので、詠まれた歌数も多い。第二編では「娼妓写真」のようなものも登場し、第三編の終章には林信立の力作長歌「写真店」でもって締め括られている。

辞書『言海』（大槻文彦）の「写真」の解。「（一）イキウツシ、写生。（二）写真鏡トテ、硝子ヲ装置（シカ）ケタル器械ヲ用ヰ、別ニ硝子版ニ一種ノ薬法ヲ施シ、コレニ山水人物等ノ真影ヲ写シ取ル術、再ビソレヲ一種ノ紙ニモ移ス。（三）其術ニテ写シ取リタル画。」

今はただ筆のすさびも何かせんまことをうつす鏡ある世ぞ　藤井　行道

今では筆にまかせて画を書くことも相応しくない。何故なら真影を写しとる写真が世にあらわれたのだから。

姿こそ紙にかがみに止《とど》めけれうつりかはるはこころなりけり　　飯田　年平

各人の姿を紙に鏡に留めなさい。何故なら移り変るのは人の心なのだから。

千はやぶる神の心のいつはらぬ姿を世々にのこすうつしゑ　　大橋反求斎

神様の心に偽りはないように写真は真の姿をのちの世に残せるものだ。

うつしゑに心はなきをともすれば物問ふべくも思ほゆるかな　　岡野　伊平

写真には心はないのにともすれば物を言うように思われる。

写しおけば消えんともなきわが姿子の子の子まで会はんとすらん　　山田　信興

写しておけば消えることのない自分の姿である。子の子の子の代まで会おうとするのだろうか。

大君の御影をいかでをがましこれの鏡にうつしとらずは　　岩間　政養

大君のご真影をどうして拝めようか。写真という鏡に写しとらねば拝めないのだ。

おろかにも筆のすさみを頼みてき写さば消えぬ鏡ある世に　山田　和秀

顧みると愚かにも筆にまかせて画に書いてきたものだ。真の姿を写せば写す鏡があるという時代なのに。

＊

蝙蝠傘《こうもりがさ》

幕末の万延元年《1860》、幕府の遣米使節に随行した咸臨丸の軍艦奉行の木村摂津守がサンフランシスコで帰国土産にこうもり傘とパラソルを買ったという話が最初というが、一説によれば安政五年《1859》、開港後の横浜市民の一部にすでに使用されていたようである。古写真に武家が洋傘を所持するものもあって、重宝がられた。

ゆふべまつ名には違《たが》ひて昼のまの照る日を障《さ》ふるかはほりの傘　藤井　行道

夕べに飛来するこうもりとは違って昼間の照る日をさえぎる日傘にも使えるこうもり傘である。

かくばかり開けもゆくかかざすべき傘をも杖につく世となりぬ　山田　謙益

このように世に開けてゆくものだろうか。かざすべき傘を杖にもつく世の中となった。

傘にさし杖にもつきてかはほりのかろく出《いで》たつ世こそやすけれ　近藤　芳介

傘にさし杖にもついてこうもりの軽く出てくるように気軽に使える安らかな世の中となった。

＊

氷売

横浜開港後まもない明治二年《1869》、町田房造という者がアメリカのボストンから氷を輸入して同市の馬車道で販売した。その後、富士の裾野の白雪を運んで販売する者、諏訪湖や函館、奥州南部の天然氷を船で運んで販売する者もあらわれ世人の注目を惹いた。明治十年の頃には今までためらっていた女性や羽織・袴の正装の者も、氷水屋に入るようになり繁盛した。人造氷の製造は明治十八年《1885》、東京製氷会社が設立されてからと言う。

むすぼほる心も解けてすずしきはちまたにひさぐ氷なりけり　藤井　行道

結ぼれていた心も解けて涼しいのは巷にひさぐ氷があるからだ。

ひと眠りさめてののちに氷売る声きくばかり涼しきはなし　松平　親貴

ひと眠り昼寝をして町に氷売りの声がきこえるほど、涼しいものはない。

不尽《ふじ》のねの雪だに消ゆる水無月《みなづき》の望《もち》ありきても売る氷かな　三田　葆光

富士山の雪が消える六月（陰暦）の十五日に歩いても氷を売る店があるのは嬉しい。「ありきて」は歩きてに同じ。

暑しさもやがてわすれて涼しきは氷や夏の薬なるらむ　鶴　久子

氷を食べると暑さを忘れ涼しくなるが、氷こそ夏場の薬である。

＊

煉化石室

煉瓦を用いて造った構造物。『広辞苑』には歌舞伎、島鵆月白波《しまちどりつきのしらなみ》の科白の「新橋とやらへ来た時に、こりやアメリカへでも来はせぬかと煉瓦造りにびつくりした」を載せている。開化の象徴として持てはやされた。

あなあはれ飛騨のたくみの墨縄も古ざるる世となりにけるかな　猿渡　容盛

ああ、あわれなことだ。飛騨の匠の得意とする墨なわの技術も古く褪せる世となった。

あらがねの土を石とも焼きなしてつくれる家は千代も朽ちまじ　藤木　啓

「あらがね（鉄）」は土中にあることから「土」にかかる枕詞。土を石のように硬く焼いた煉瓦で造った家は千年も朽ちることがあるまい。

埴《はに》をもて建てつらねたる家つくり異国《とつくに》にこし心地こそすれ　長谷川安資

赤い粘土で建て列ねた煉瓦造りの街を見ると異国に来たような気分になる。

埴ねりて焼きて石なしたくみなるこの高殿に地震《なゐ》ふるなゆめ　　藤巻　重威

このように煉瓦で巧みに造られた高殿に、地震よ決して震ってはいけない。

＊

寒暖計

水銀温度計のこと。むかしは寒暖計と言った。明治初期の輸入か。正岡子規の病床詠には「寒さはかり」と言って詠んだものがある。「枕べの寒さはかりに新玉の年ほぎ縄をかけてほぐかも（子規歌集）」。世人に珍重されたことがわかる。

時々のあつさ寒さもあらはれて目にみづがねの器《うつは》あやしも　　松平　忠敏

みづがねは水銀のこと。「みづがねの器あやし」に当時の人の実感が出ていよう。

老《おい》の身にひとり知らるるわたくしの寒さははかるもの無《なか》りけり　　小出　粲

老の身にひとしお沁み入る冬の寒さを、数字で計り得る器具は今までには無かった。まるで呟きのような一首。

＊

玻璃窓《はりまど》

玻璃はガラスのこと。高村光雲の『幕末維新懐古談』を読むと彫物師などの特殊な人の仕事場に明かり取りとして玻璃窓を入れたことが書かれてある。当時では玻璃窓は高級品で一般民衆まではなかなか普及はしなかった。

ふみ学ぶ窓くらからずなりしより蛍も雪もあつめざりけり　三田　葆光

「ふみ学ぶ窓」であるから小学校などの窓であろう。中国の故事の「蛍の光窓の雪」に頼らなくてよくなった開化の世を喜ぶ歌。

＊

瓦斯灯

灯火具の一種。イギリスで石炭ガスを灯火に利用したのは十八世紀末からで、わが国では高島嘉右衛門が計画して、明治五年《1872》に横浜の一部に点火したのが始まりである。東京では明治八年《1875》、京橋から万世橋、常磐橋から浅草橋にそれぞれ点火された。この瓦斯灯も電灯の普及と共にその姿を消した。

くれゆけば巷に立てるともし火の光も御世の花とこそ見れ　増山喜久子

日が暮れると巷にはガス灯が輝く。その光は明治という時代の「花」と見られるという歌。照明革命を喜ぶ歌。

ともし火の中ゆく道の一すぢに顔ふす草も隈なかりけり　飯田　年平

ガス灯のかがやくところに一本の道があって、そこに生い茂る草も隈なく見えるのがうれしい。

ひらけゆく道をうながすともし火に巷に迷ふ人なかりけり　小原　燕子

開化の街の道をうながす明るいガス灯の光の御蔭で巷に迷う人もなくなった。

諸人にあかりをかすのともし火は明らけき夜の恵みなりけり　屋代　柳漁

万人に明かりを貸すというようなガス灯の灯火はまさに夜の恵みである。

＊

鉄橋

掛けかふるわづらひをなみ黒がねの橋は国富む橋とこそなれ　山中　大観

鉄橋は木の橋よりもはるかに頑丈で耐久性があるので掛け替えは少ない。国を富ます橋である。

＊

難波津にくろがねをもてかけし橋よしあしかふるはじめとぞきく　近藤　広徳

大阪の近辺に鉄製の橋が出来た。葦（悪し）を葭（良）に替える初めと聞いている。

＊

国旗

日の丸の旗は明治三年《1870》一月、太政官布告五七号によって決められた。

くもりなき御世のしるしは多かれど先づ仰がるる日のみはたかな　三条西季知

開化のくもりない時代を象徴するものは多々あるが、第一に挙げられるものは日章旗である。

千代かけてくもる時なく久かたの朝日の御旗四方になびかむ　脇坂　安斐

千年かけても曇る時なく、久方の朝日の旗は四方になびくことだろう。

*

暖炉

壁に造りつけられた暖房用の炉。西洋風の暖炉で、明治初期には富裕階級の家にしつらえられた。

冬の日もやぬちは春の心地せりたつるけぶりも朝に霞みて　林　信立

冬の日も家の中はぽかぽかとして春の気分である。燃料から立つ煙も朝がすみかと思われる。

*

活版

幕末の頃、長崎に本木昌造《もときしょうぞう》という人が出て、洋式活字の鋳造に成功し、明治初年以後、各界ともに近代的印刷術を採用し、今日の隆盛を見るに至ったという。

むかし誰かかる桜木うゑそめて文字の林の世にしげるらむ　力石　重遠

むかし、誰がこのような印刷法を考えだして文字文化を世に広めたのだろう。語句の「かかる桜木」は当時の印刷はまだ版木刷りで、材質に桜材が使われたので活版に掛けてこう言ったもの。

＊

摺附木《マッチ》

「摺附木」は「燐寸」とも書き、幕末の頃、長崎を経由して紹介されていたようだ。国産は明治七年《1874》、旧金沢藩士の清水誠がフランス留学から帰朝後、宮内次官であった吉井友実の援助を受け、その別邸に工場を作り、日光山の白楊樹を原料に製造を始めた。その後、欧州の工場視察などいくつかの変遷を経たのち、国産品で需要をまかなえるようになった。

仮そめの人のちからにいづる火を石にのみとも思ひけるかな　中島　歌子

人の軽い力で点されるマッチの火を、火打ち石という石にのみ頼った過去が思われることだ。

＊

断髪

明治四年《1871》八月、散髪脱刀令が出された。

かきなでて見れば切るにも足らざりき老の白髪さぞやありなむ　猿渡　容盛

頭髪を掻き撫でても断髪するほどの量ではない。老いて白髪がさぞ多くなっていることであろう。

いざわれもとどり切りてかきなでん此国ぶりの姿ながらに　星野　千之

さあ、私ももとどりを切って頭を掻き撫でることにしよう。この国の開化の姿なのだから。

＊

廃刀

明治九年《1876》、「廃刀令」が出された。

剣太刀いづこの淵にしづみけん佩《は》かですみ行く世とはなりにき　跡見　重敬

剣や太刀はどこの淵に沈んだのだろうか。腰には佩くものもなく住む世の中になった。

君が代の春ぞのどけき長刀《ながかたな》さして花見る人しなければ　屋代　柳漁

大君の世は春の季節がのどかである。長い刀を腰に差し花見をする武士など居なくなったのだから。

秋の霜消えての後はうちしをれさやぐ力もあらぬのらかな　宮崎　幸麿

（私は武士だったが）秋霜をあざむくあの太刀が廃されて以来、打ち萎れ、騒ぐ力もなくなり、今は野良に立つ身である。「秋の霜」は刀剣のたとえ。

＊

廃藩

廃藩置県が行なわれ、明治新政府の中央集権化が達成されたのは明治四《1871》年七月のことである。

わたくしの隔てのまがき残りなくむかしの道にかへりぬるかな　伊東　祐命

私的な仕切りの境界が残りなく取り払われ、むかしの自然な道に立ち返ったことである。

＊

廃関

天《あめ》の下《した》あまねく君の臣《おみ》なれば心へだての関《せき》の戸《と》もなし　大橋反求斎

関所の廃止は明治二《1869》年一月。

天の下はあまねく陛下の治めるところであるから、これからは今までのように心をへだてる関所の戸もなくなった。

＊

病院

いく薬《くすり》ここにはこやの山なして求むることもやすき御代かな　林　信立

「はこや（藐姑射）の山」は中国の古典「荘子」に出てくる不老不死の仙人が住むという

山。病院が出来て、ここには幾つもの薬が用意され、はこやの山のように手に入れやすい時代になった。

＊

横須賀造船所

江戸幕府がフランス人技師ウエルニーを招いて一八六五年着工した横須賀製鉄所を、明治元年《1868》明治政府が接収し、明治四年《1871》に完成、改称した造船所。規模・技術ともに当時最高の総合造船工場であった。のちに横須賀海軍工廠となった。

その業《わざ》をとく習《なら》ひ得《え》てみくに人《ひと》こと国《くに》ぶりの舟《ふね》つくるらし　佐野磯平　妻さよ子

造船の製造技術をすみやかに習得してみ国の人が異国風の船を造っている。

＊

富岡製糸所

明治五年《1872》、渋沢栄一らの企画により群馬県富岡に設けられた官営模範工場。フランス製繰り糸器械三百釜を備えた大規模工場で、フランス人技師ブリューナの指導で建設、優良品を生産して国富に寄与した。平成二十六年《2014》、世界文化遺産および国宝に登録された。工女には旧旗本や旧藩士の子女が多く、八時間労働で従業員は三百人を数えたという。一等工女として働いた和田英の『富岡日記』によれば雇い教師にフランス女性も混じっていたという。

日にそへて世も富み岡にとる糸を細き手わざと誰か見るべき　大平　淡

日が立つにつれて世も富むという富岡で、採糸する女工らを見て誰がか細い手技と見るだろうか。見るわけはない。

知らざりききのふも採りし糸なれどかく麗しきけふの工みを　蔵田　年雄

昨日も採糸した同じ糸なのだが、このように精巧で麗しい製糸技術を今日までわたしは知らなかった。

＊

巡査

巡査の制度は、明治の初めは軍政の下にあり、各藩兵がこれに当り、取締区兵と呼ばれた。明治四年《1871》東京府下の取締りのために三千人を募集し、邏卒《らそつ》と呼んだ。応募者には鹿児島藩士が多かった。明治七年警視庁が置かれて邏卒を巡査と改めた。巡査をマワリと訓じておまわりさんとも呼んだ。

ぬば玉のよるひる絶えずめぐれども猶《なほ》しら波は立たんとほりす　鈴木　重嶺

巡査は夜ひるなく街をめぐっているが、それでもなお賊は白波のように立つものなのだ。「しら波」は中国の白波《はくは》谷《こく》にいて強盗をしていた賊盗に由来している。この集の歌句で「白波」といえば、大体、盗賊を指すことが多い。

＊

練兵

兵の訓練をいう。各兵科の、戦闘に必要な動作の平時の訓練。練兵場は兵営所在地の衛戍地《えいじゅち》に設け、教練・演習などを行う場所。

百足《むかで》なす足なみ見ればさまざまの人の心もひとつとぞなる　伊藤　成路

訓練を受ける兵隊の足並みはちょうど百足の足のようで、さまざまの人のこころも一つになれるのだ。

くろがねの玉のひびきぞ轟けるけふ兵《つはもの》をならし野の原　前島　逸堂

くろがねの砲弾のひびきが轟いている。今日は習志野で兵の訓練が行なわれている。地名の習志野に訓練の「馴らし」を懸ける。「習志野」は千葉県北西部の地。

＊

灯明台

灯台を「灯明台」と言った。明治二年《1869》、観音埼灯台が点火し、これが洋式灯台の始めとされた。以後、数を増したことはここに掲げた歌でもわかる。

こと国の舟もいのちと頼むらん御代の光を見するともし火　大島　貞薫

異国の船も命と頼むことであろう。開化の光のこの灯火を見て。

数そふもうれしかりけり舟人の命とたのむ磯のともし火　瀧村　鶴雄

（富岡製糸所）　巡査　練兵　灯明台

灯台の数が増えるのも嬉しいことである。船人たちが命とたのむ磯のともしびなんだから。

＊

博覧会

種々の機械・製品・物産を陳列し、知識の向上・産業の進歩発達を促進する機関。第一回万国博覧会は、嘉永四年《1851》ロンドンで開催された。わが国は慶応三年《1867》パリの万国博覧会に出品参加し、多くの国産品を陳列した。明治四〜五年《1871〜72》頃より政府の殖産興業政策に応じて、京都ほか各地に博覧会が流行し、文明開化の指標となった。第一回内国勧業博覧会は、明治十年《1877》、大久保利通の主唱によって、東京上野公園を会場として開催された。あいにく、西南戦争勃発の時であったが、国内の特産物およそ八万点が出品され、会期一〇二日、入場者四五万以上に及び、大いに産業文化の向上を刺激した。第二回内国博覧会が開催されたのは明治十四年なので、出詠歌は明治十年の博覧会を見物したときの感想であろう。

ひらけたる御世にしあらずは国々の物のくさぐさ一目にや見む　　風早　公紀

開化の御時世でなければこのような諸国のいろいろの物産を一目に見られたろうか。

けふひと日富みたる夢を見つるかな綾よにしきよ玉よこがねよ　　猿渡　容盛

今日一日はまるで自分が富めるような夢を見た。博覧会に展示されていた品々の綾よ錦よ玉よ黄金よ。

人の上もかくぞあるらし無くともと思ふものこそ世には多けれ　星野　千之

（博覧会を見て）人間の身の上にも似ているようだ。無くてもいいようなものが沢山ある。

＊

楮幣《ちょへい》

楮《こうぞ》は紙の原料。楮の紙幣のこと。日本では江戸時代の藩札などを先駆とし、維新後に財政収入の不足を補うため太政官札、大蔵省兌換証券、民部省札などの政府紙幣が相次いで発行され、インフレを招いた。

一ひらの紙のこがねに変れるも誠ある世のしるしなりけり　林　信立

ひとひらの紙幣が発行され使用されるのも官と民の間に信用が定着したからである。

＊

民撰議院論

明治七年《1874》一月、征韓論に敗れて下野した板垣退助・副島種臣らは「民撰議院設立建白書」を左院に提出。このことが自由民権の思想に大きな刺激を与え、政治運動化に拍車をかけた。

猶《なほ》早しいな遅《をそ》してふあらそひに開けかねたる民くさの花　広瀬　庭世

まだ早い、いや遅いと争ううちに開きかけた民草の花は閉じてしまった。

＊

欧布

ヨーロッパ製の織布のこと。

おのが着る袂《たもと》はせばく裁《た》ちながらいとゆたかにも織れる布かな　屋代　柳漁

自分が着る袂は狭く裁断しながら、しかもゆったりと織れる布であるのに感心する。

＊

欧婦

ここでは欧米の婦人。

腰ぼそのをとめは広き袴《はかま》きて都大路をせばしとやゆく　小俣　景徳

腰細の乙女が広い袴（スカート）を着て都大路を狭いとばかり闊歩している。

遠つ人妻もくる世となりにけり思へばあはれ松浦佐用姫　屋代　柳漁

「遠つ人」は（待つ）（雁）にかかる枕詞であるが、ここでは遠くの人、異国の人として使われている。歌意、異国の人も妻としてやってくる世となった。それにしても夫を待ちつづけて石となった松浦佐用姫は哀れである。

＊

欧人

ここでは欧米の男性。

唐ころも袂《たもと》も裾《すそ》もせばけれどもののたくみの広くもあるかな　蔵田　重時

欧米の男性の着ている衣服はたもとも裾も狭いけれども裁断が巧みで動きが自由である。

天の原星の林のきはみまで計りえしこそくすしかりけれ　猿渡　容盛

欧人は宇宙や星座までことごとく究めえた不思議な人たちである。

*

外国交際

大洋も人の心を隔《へだ》てねばうとき国なき世となりにけり　伊東　祐命

海原も人のこころまでは隔てることはないので今は行き来の自由な時代となった。

*

西洋料理

しかすがに忘れもはてぬ皇国《みくに》ぶり箸《はし》ほしげなる人も見えけり　猿渡　容盛

そうはいっても忘れる訳にはいかないのがみ国ぶりの箸である。フォークを使って料理を食べながら、なお箸の欲しそうな人たちがいる。

巻煙草《まきたばこ》

唐《から》ぶりのしわざ習ふとその上にけぶりくゆらし行くは誰《た》が子ぞ　猿渡　容盛

洋風のしわざを習うが上に巻煙草まで道にくゆらしてゆく若者はどこの誰だろう。

*

牛乳

たらちねの乏《とも》しき乳にもみどり子の飢ゑぬは牛の恵なりけり　林　信立

母親の乳の出がとぼしいのにみどり子が飢えないのは牛の乳の恵みである。

*

牛の乳《ち》を母のほそ乳《ち》になしかへてやや眠れるがあはれみどり子　杉山　昌隆

母親の足らぬ乳に置き換えて牛乳を呑んだみどり子が眠っている。あわれな子よ。

*

製鉄

黒がねをけづるも切るも一すぢの湯気のちからをわかつなりけり　前島　逸堂

鉄を削るのも切るのも蒸気の力を借りるのである。蒸気の力とその工夫を讃めた歌。

*

種痘

昔は植え疱瘡と言った。痘苗を接種して天然痘に対する免疫を与える方法。イギリス人ジェンナーの発明は牛痘種痘法である。昭和五十五年《1980》にWHO（世界保健機関）から天然痘根絶宣言が出され、現在は一般には中止されている。

空蝉《うつせみ》の人のしわざと成りしよりもがさの神は跡だにもなし　屋代　柳漁

人間が種痘を施すようになって「もがさ」（天然痘）が無くなり、疫病神は姿を消してしまった。有り難いことだ。

紅の梅の花かとみゆばかり植えしもがさの色のよろしさ　杉山　昌隆

種痘を植えるとその痕が紅梅の花かとばかりに美しい。

＊

肉店

生くるをば放つもあるを屠《ほふ》るさへうしと思はぬこれのなりはひ　伊藤　春信

生きた牛をそのまま牧場に放つものもあるが、これを屠殺し精肉として売るものもある。うし（牛に「憂し」を懸ける）と思わない仕事である。

＊

男女同権

『広辞苑』によると、男女両性の法律的権利・社会的待遇が同等であること。福沢諭吉『福翁百話』に「男女同権甚だ美なれども、一方に偏すれば男尊も女尊も共に妙ならず」とある。ここの作例は男性ばかりで女性の歌の無いのが残念である。

をみなへし尾花とふたつ争はばいづれが上《かみ》に立たんとすらん　鈴木　重嶺

おみなえし（女）とおばな（男）の二つがもしも争うなら一体どちらが上に立ったらいいのだろう。わからない。

おなじとは誰かいふらん鳥すらも牝鳥は時をつげぬなりけり　屋代　柳漁

同権とは一体誰が言いだしたのだろう。鳥だって雌鶏は時を告げないのだ。この作者はいつも一癖ある歌を詠む。おもしろい人。

いづれをか分きておもしと定むべきおなじ波まにうかぶ鴛鴦《をしどり》　八木　雕

男女のどちらをとりわけ重いと定めるのだ。おなじく波間に浮いているあの睦まじい鴛鴦を見よ。どちらも同じじゃないか。

二並《ふたなみ》の筑波の山は天地《あめつち》のはじめになれる姿なりけり　三田　葆光

女と男の峰がふたつ並ぶ筑波山は天地開闢《かいびゃく》の始めから同権なのだ。

自主自由

高殿に住むも心のままならむ富みだにすれば身はひくくとも　林　信立

（自主自由の社会になれば、身分格式に捉われず）御殿のような屋敷に住むのも心のままであろう。富みさえあれば身分には捉われないのだ。

＊

翻訳書

洋書のこと。横文字は蟹の横ばいに似るところから蟹文字と言った。明治初期の言葉である。

＊

横さはふ蟹のあしでの跡とめて花しるべする浜千鳥かな　中村　秋香

比喩の歌で至って難解。だが、この歌は翻訳家揶揄の歌。横に這う蟹文字のような悪筆をたどって訳をつける翻訳家は足取りの危うい浜千鳥のようなものだ。

＊

究理

今でいう物理学。

あらがねの地《つち》の動くを天つ日のめぐるとのみも思ひけるかな　小原　燕子

実際はあらがねの地球が動くのを、私たちは天の日がめぐるものと天動説を信じていた。遅れていたのだ。

地球

天《あめ》の下《した》国はかずかず分かるれど思へば地《つち》はひとつなりけり
屋代　柳漁

天の下にはかずかずの国が分かれているが、実は地球は一つなのだ。

＊

地球儀

天地《あめつち》のかぎり究めし器《うつは》見れば人の悟りぞ尊とかりける
大塚　尚

地球儀を見て、天地の限界を究めたヨーロッパ人の悟性を尊いと思っている。

＊

天長節

天津日《あまつひ》の御旗かかげて大君の生《あ》れまししし日を祝はぬはなし
大瀧　茂雄

今では天皇誕生日というが、むかしは天長節と称して祝った。

日の丸の御旗をかかげて大君（天皇）のお生れになったその日を祝おうではないか。

＊

和魂

諺《ことわざ》に身を捨ててこそうかぶ瀬のあれとは深きやまとだましひ　跡見　重敬

諺に「身を捨ててこそ浮かぶ瀬もあれ」と言うが、これこそ深い大和魂である。

＊

開明日新

文明開化の別表現の言葉。

山の井の浅き学びぞなげかるる日《ひ》に日《ひ》にもののすすみ行く世に　山田　真幸

山の井のような浅い自分の学力が嘆かれることである。開化は日進月歩で知らないことがたくさんある。「山の井の浅き」は万葉の古歌「安積山影さへ見ゆる山の井の浅き心を我が思はなくに」を踏まえている。

＊

僧侶妻帯

知らざりき釈迦《さか》の教へのさかさまにいも世の山を踏み分《わけ》んとは　多門　正文

維新になって、僧侶がお釈迦さまの教えとは逆に妹背の山を契って妻帯する人が出てきた。思ってもみなかったことだ。

＊

室内鏡

みだれむを忘れぬ御世はかりそめのたはわざだにも昔には似ぬ　　屋代　柳漁

内乱を忘れぬご時世で、その規模も昔とは異なるので仕方がないのだとの歌意。「たはわざ」は、たわけたこと。万葉集巻二十に「いざ子どもたはわざなせそ天地の堅めし国ぞ大和島根ぞ」（藤原仲麿）の歌を踏まえている。

＊

幸遇開明世

幸ニシテ開明ノ世ニ遇フ。

雲わけて空ゆく舟もある御代にひらけぬは我が心なりけり　　近藤　芳樹

雲を押しわけてゆく舟（軽気球）もある時代になったが、わたしの心は何故か晴れることはない。守旧派の歌。

＊

日曜日

花もみぢきそふあたりは賑はひてつかさつかさぞけふは淋しき　　高野　文樹

繁華街は花や紅葉の賑わいを呈しているが、官庁はすべて日曜休日で淋しい日である。

馬くるま都大路のにぎはひを思へばけふはみ許しの日ぞ　山田　和秀

馬車の行き来など都大路が人で賑わっているが、思えば今日は日曜の休日であった。

*

洋犬

犬種はわからないが、よく馴れた西洋犬を見かけることも多くなったのであろう。僅かにこの一首が掲載されている。

わきまへて人のわざする犬見れば教へによらぬ物なかりけり　屋代　柳漁

よく訓練されていて人の真似する犬を見ると、教育されないものはこの世にはないのだ。

*

権《ごん》妻《さい》

明治初期の語。仮りの妻の意。めかけ。てかけ。側室など。

くらゐ山高根の松に咲きにほふ藤はいかなる縁《えにし》なるらん　福住　正兄

「くらゐ山」は位が上がって行くのを山登りに譬えて言った言葉。位があがって高い山の松の木のような旦那にすがる美しい藤（妾のこと）はいかなる御縁があったのかしら。

*

文化日新

開化は庶民の思想や知識まで変えてゆく。この歌は開化のすべてに肯定的な一首。

時は今日《いまひ》いづる国の名もしるくほがらほがらと明《あか》るしののめ　星野　千之

時はいま日いづるというこの国の名前さながらにほがらかで明るい明け方である。

＊

士族帰農

明治維新によって士族の秩禄《ちつろく》が全廃され、政府は帰農商を奨励したが転身ままならず没落した人も多かった。士族の不満は大きく西南戦争など士族反乱の引き金になった。本『開化集』にも没落士族の窮状を詠んだ歌が散見される。

弓矢をば小田の案山子《かかし》にまかせつつ鋤《すき》とる身こそ心やすけれ　岡野　伊平

（廃刀の時代となって）弓矢は田圃の案山子の持ち物となり、士族も農耕にいそしむことになったが、農業は心安らかな仕事である。

＊

士族商法

武士は職掌柄、商売に不適な人が多く、失敗する人も多かった。「士族の商法」という言葉がその事実をよく伝える。肉食が流行りはじめた時で牛肉を売る人もできた。

あなうしのししをや売らん武士《もののふ》の世にあき人となりし身《み》の果《はて》　松平　忠敏

ああ、情けない。ついに牛の肉まで売る人も現われた。武士の世に飽き、商人の果である。「うし」の語には牛と憂しを懸け、「あき人」には飽きと商人のあきを懸けた巧みな歌。

あき人の物うる道はしらま弓思ひいれども徒矢《あだや》のみして　屋代　柳漁

（旧士族は）物を売る方法を知らないので、思いこんでやってみても無駄矢ばかりである。

＊

士族引車《ひきぐるま》

この頃に流行りだした乗り物に人力車がある。これを引く車夫には旧武士もいた。その境遇を詠んだ一首。大沼枕山《ちんざん》の漢詩「車夫篇」には三千石取りの元幕臣が詠まれている。

人の世は飛鳥川《あすかがは》かも小車《おぐるま》を背にかへて引く身とはなりにき　（逸　名）

人の世は飛鳥川のように定めがないのだろうか。或る武士は追い詰められて車を引く身となった。「飛鳥川」は、淵瀬の定めないことで聞こえ、「明日」に懸けて使われる言葉。

＊

幼稚園

二葉《ふたば》より教への道にやしなはば異なる花の実をや結ばん　小原　秀真

（文化日新）　士族帰農　士族商法　士族引車　幼稚園

幼時より教育すれば親とは異なる果実を結ぶこともあるのだろう。

＊

奉還金

廃藩置県後の明治六年《1873》、家禄奉還者に一時賜金と秩禄公債を交付して逐次整理が行なわれた。その奉還金もインフレ等によって大きく目減りした。

二十日草《はつかぐさ》はつかに富《とみ》は得たれども散果《ちりは》てけりな実《み》にならずして　　屋代　柳漁

二十日草（牡丹）の名のようにわずかに富は得たけれどみな実を結ばずに散ってしまった。嘆きの歌。

＊

貸座敷

遊廓のこと。島崎藤村の『夜明け前』には幕末の横浜に外国人相手の大遊廓があったことを記している。明治六年《1873》、新政府は貸座敷渡世規則を出しており、この世界は殷賑を極めたことがわかる。初めは茶屋の大きな店が、多数の人の集まりに供したものだったが、営業化され、家作りも美しく部屋も大小幾つか用意され、料理飲食を仕出屋等から取り寄せて供したので遊興したい者がその家に入り、置屋から芸娼妓を呼んだ。

うかれ女《め》に宿かす人に事問はんかれも真心ありやなしやと　　伊藤　春信

うかれ女に宿をかす人に質問したい。彼にも真心があるのかないのか。

まれ人のひと夜仮寝のあだ枕かす世わたりもあはれ夢のま　磯部　最信

貸し座敷で一夜枕をかすという世渡りもあわれで夢のようにはかないものだ。

＊

隠売

親といふ道をばふまで中々にわが子をやみにまどはするかな　屋代　柳漁

（男女の道は親から教えられるべきものだが）なかなかそうはいかず、現実は闇に子を迷わせるのである。

＊

黴毒検査《ばいどくけんさ》

検梅は外国船の乗組員からの要請で幕末から始まったと言われるが、明治五年《1872》、大阪の若い一娼婦が検梅の陰門改めを恥じて自殺したという事件まで起こした。売春天国であった実情に鑑み、明治政府は性病予防に乗り出し、各地に検梅所や検梅院を造ったが、強圧的な検査だったらしく抵抗も強かった。しかし、ここに抽出した作例ではこの政府の対策を歓迎している向きが多い。加藤千浪は高名な歌人で、『開化新題歌集』にはたったこの検梅の一首しか出詠していない。歌の解釈は省略。

（詠者未詳）
なりあはぬ所あらはす妹《いも》よりもなりあまれるが見るやくるしき

加藤　千浪
皆人にきずあらせしと毛を吹きて疵をみる世も嬉しからずや

林　信立
くるしきはいづれまされり玉手箱あけてみる身と明《あけ》らるる身と

屋代　柳漁
穴かしこ草むす谷の奥までも御世の光のおよびけるかな

＊

娼妓解放

明治五年《1872》十一月、人身売買禁止・娼妓の年季奉公廃止が行なわれた。その後の明治十一年頃には官吏を鯰鰌、芸妓を猫、娼妓を牛馬と称する呼び方が流行したという。この集には馬を「駒」に置き換えた一首がある。

伊東　祐命
いとゆふのほだし解《と》けぬることしより花やわが世の春をしるらん

陽炎のような呪縛から解放された花の娼妓たちはわが世の春を知ることであろう。「いとゆふ」は陽炎。「ほだし」は足かせ。「花」は娼妓。

八木　朝直
つながるるほだしのがれて広き野をおのがまにまに遊ぶ駒かな

前の歌と同じ意味。

＊

招魂社

招魂社は、維新前後から国家のために殉難した人の霊を祀った神社で、招魂祭はその祭事である。明治十一年《1878》には各地で西南戦争後の臨時招魂祭が催行された。横浜の伊勢山には、その時を詠んだ大熊弁玉《べんぎょく》の長歌「隼人の　さつまの国の　ことむけに　命すぐとふ　壮夫の　勲称へて（以下略）」と刻した石碑が残る。

国の為とぶ火ときえしますらをの玉祭るてふ御世ぞかしこき　　金井　明善

「とぶ火」はのろし。「玉」は魂。

＊

魯土《ロト》戦争

ロシア・トルコ戦争とも。一八七七・七八年（明治十・十一）、バルカン進出を企図したロシアがギリシア正教徒保護を名目として開戦、オスマン帝国を破った戦争。

とつ国といひてあらめや立ちつづく煙に枯れしあはれ人草《ひとくさ》　　小中村清矩

外国のことと言っておられようか。立ちつづく硝煙に死んでゆく多くの人民がいるのだの歌意。魯土戦争の歌はこの一首しか載っていないが、前年の西南戦争を想起しているのだろうか。

＊

徒罪《ずざい》

寛政二年《1790》、幕府が江戸の佃島に設けた人足寄場は、引受人のない無宿人や微罪のために検挙された無宿人を一緒に強制的に収容し、各種の労働に従事させ、賃金を支給するなど面倒を見たところであった。刑の「徒」は「流」より軽く「杖」より重い。

大船のつくだによりて流れ木も世に立ちかへる時や待つらむ　　中島　歌子

佃島の人足寄場ではたらく流れ者たちも開化の恩恵に浴する時を待っているだろうとの歌意。「大船の」は津（つ）にかかる枕詞。

＊

墨水流灯

墨水は隅田川の別称。「流灯」は灯籠流しに同じ。盆の終りの日に小さい灯籠に火を点じ、川や海に流す魂送りの習俗である。この集の発行時期から見て、流灯は明治十一年《1878》、西南戦争終息の翌年のことであったろう。例歌から盛大に行なわれた情景が目に浮かぶ。

すみだ川すむ鳥まねぶ灯火も暑さを流すすさびなりけり　　横山　由清

隅田川に棲む都鳥の群れをまねたようなこの無数の流灯も所詮は暑さを流す慰みでしかない。

すみだ川流すともし火影とめて人のこころのよる瀬なりけり　　松の門三艸子

すみだ川に流すともし火はその影をもとめてさまざまに人のこころの寄りゆくところである。作者は、江戸の芸妓で歌人。

一すぢにおもひつらねて都鳥たがため夜ただ身はこがすらん　本居　豊穎

都鳥（流灯）が一筋に思いを列ねるように隅田川に浮かんでいる。これを見ながら誰のために一晩中身をこがすのだろう。「夜ただ（夜直）」は夜もすがら。夜通しの意。

＊

琉球藩

さつまかた遠くわたりて君の世の都に身をもおき縄の人　大久保忠保

第一編最後の歌。明治政府が琉球を日本へ統合し、国王尚泰《しょうたい》を東京に住まわせた事実を詠む。「おき」は置きと沖に懸かる言葉。沖縄の王に同情して詠んだ歌のようだ。

＊　＊　＊

本一集の序文の作者星野千之は、その文章のなかで『開化新題歌集』編纂の趣旨と意義を述べているが、開化に遅い歌詠みたちは「昔より見慣れ聞き慣れた優に雅びやかな題こそ良いのである。どうしてそのような無理をするのか」と抵抗し、「歌を作ろうともせず、爪弾きするばかり」のに大いに嘆いている。第一編募集当時の歌壇の空気が窺われ、世人の多くがなかなか頑なで保守的なことがよくわかって同情を禁じえない。

しかし、編集人たちが一計を案じ、歌の募集区域を傘下の東京と佐渡にほぼ特定し、この二ヶ所の歌人たちに強力に働き掛けたことはなかなか良策で、成功の主因と考えられる。『開化集』の巻末には参加歌人の住所録がそれぞれ収められているが、それを見ると、この第一編は佐渡が突出していて全体の四割を占めているのがわかる。佐渡が多いのは佐渡がひとつの固まった文化圏を形成していて、結果を得やすい地域であったことと、企画のなかに元佐渡奉行を務めた鈴木重嶺のような人がいて、顔と実力でこの企画のＰＲを強力に推進した結果であろう。その結果、一編は編集の偏りもなく主要な歌題はほぼ網羅され、力作が集まり、人に読ませる歌集となった。この第一編の成功があればこそ、第二編以降の企画が具体化され、さらに大きく発展したのであろう。

なお、一編では、歌題八十一題および作品一六一首を抄出して解釈した。全体の約三割程度に過ぎないが、めぼしい作品や注目作はほぼ取り上げたので集の特色は十分に把握できたと信ずる。

二編

巻頭に 風 変 化 移 の四文字が筆太に大きく書かれ、強く目を射る構成になっている。「風変化移」は開化の掛け声のようにひびく。揮毫者は福羽《ふくば》美静《よししず》（従四位、元津和野藩士、国学者、歌人）。この四文字は美静の選んだ字であろうが、文明開化の真髄をよく捉えた名言である。

（序）

世の明けゆくさまを見 きくごとに 耳に目におどろかることのみぞおほきのふめづらしとおもひしことも けふはめづらしからず。けふあたらしと思ひしこともあすはふるかるべし。そのめづらしく新しと思へることを題にするゑて よみ出たる歌をあつめて さきに一巻となしたれど、きのふはけふの昔となりて 今は古くめづらしからず。こたびまた めづらしく新しとおもふ歌をひろひて、後の一巻とはなしぬ。されど花鳥風月に情をよせてよみ出たるたぐひにあらざれば、難波の浦のよしやあしやはしらず。ましてまさ木のかつら、長く世につたへむとしもおもはねば、ただけふのあたらしくめづらしきをめでて、あすのふるきをとらざるにこそ。

明治十三年九月　　忠保しるす

（序　現代訳）

明治の世の明けゆくさまを見聞するたびに、耳に目に驚かされることが多い。

昨日珍しいと思ったことも、今日は珍しくない。今日新しいと思ったことも明日は古くなるだろう。その珍しく新しいと思うことを題に据えて詠み出した歌を集めて先に一巻と成した。けれども、昨日は今日の昔となって、今では珍しくない。この度また珍しく新しいと思う歌を拾って、後続の一巻と成した。だけれど花鳥風月に情を寄せて詠み出したたぐいではないので、難波の浦の葭（よし）や葦（あし）のように善し悪しはわからない。まして柾《まさき》のかづらのように長く世に伝えようとも思わぬので、ただ今日の新しく珍しきを愛でて、明日の古きを取らないのである。

明治十三年九月　　（大久保）忠保しるす

自分の仕事に疑問し煩悶しつつ前進する忠保の本心がよく現われたいい文章と思う。

＊　＊　＊

国旗

国旗の日の丸は平安末期から鎌倉時代以降、武将の旗印や持ち物として軍陣に用いられたと言われるが、日の丸として独立したのは元弘元年《1331》、後醍醐天皇の笠置山行幸といわれる。安土桃山時代の武将、小西行長が戦陣で旗印として使ったことも有名であるが、幕末に咸臨丸が渡米に当って日章旗を用いたことはよく知られている。国旗と定められたのは明治三年《1870》の太政官布告である。ここに国旗の歌があるのは明治という新時代の国家意識の現れであろう。

天《あま》つ日のはたでなびきてくもりなき御世《みよ》の光もみえわたるかな　　近衛　忠煕

第二編巻頭の歌。歌意・日の丸の旗のはしの方が靡くのを見ると曇りのない御代の光まで見えてくる。

日の御子《みこ》の大みしるしの日の御旗とつ国人も仰がざらめや　　弦木　直道

日の御子（天皇）のみしるしである日の御旗を異国の人も仰ぐことであろう。

山の奥野のはてまでも天津《あまつ》日《ひ》の御旗なびかぬかたなかりけり　　久間　楳翁

山の奥や野の果てまでも日の丸の旗のなびかぬところはないのだ。

＊

年表によると明治十三《1880》年は愛国社による国会開設請願書が太政官に提出され却下されるなど、政社請願が続いている。加えて民権思想の普及もあって演説会が流行したことが想像される。

演説会

咲く花の色をも香をもしりがほにさへづりうつす百千《もも ち》鳥《どり》かな　　烱田　真幹

（演説を聞いて）咲く花の色や香りも知ったようにさざめいている百千鳥（群衆）たちである。

＊

むすぼれてふるきに凝《こご》る心をもいとやすやすとときわくるかな　　高橋　蝸庵

（演説会は）固く凝り固まった人の心もいと易々と説きわけてくれる。

椅子

日本では近代に至るまでたたみに座る生活がつづき、椅子文化とは疎遠であった。ここの例歌では洋式の椅子生活の快適さが強調され、開化の影響が顕著である。

夏の日のあつさもやりてさくすずのいすずしきまで風かよひつつ　　松平　忠敏

座るのとは違って夏の暑さも消え、鈴の音がすずしいまで風が通ってくる。

思ひきや高きいやしきへだてなくいすてふものにかくるべしとは　碓田　豊綱

身分の高下なくみな椅子というものに腰を掛けるとは思ってもみなかった。

＊

時計

個人的にどのような時計を用いたか歌からはわからないが、置時計や懐中時計ではなかったろうか。中でも懐中時計（袂時計）はヨーロッパでは十八世紀末ごろから一般に使用され、腕時計が出現するまで流行したという。日本では明治十二年《1879》に初めて制作されたが、庶民の手に届くようになるにはなお数年を要したようだ。

きしりつつうつ音高く聞ゆなり数もただしき時をはかりて　近衛　忠熙

柱時計を詠んだものか。機械的な正確さに注目した一首。

時守のつづみの音のたがはぬもこれの器のあればなりけり　風早　公紀

「時守」は陰陽寮に属し、時報をつかさどる役。ここでは太鼓を打って時報を知らせたものか。時計で計っていたから太鼓が正確に打てたのだというのであろう。

よるひるをはたまりよつの数にしてはかりやすくも成にけるかな　加藤　安彦

「はたまりよつの数」とは二十四時の意。それゆえ時計によって時刻が計りやすくなったと言っている。

夜はことにたのみなりけり寝ざめてはまづ枕べに時をこそ見れ　平井　元満

枕元に置く時計の便利さを歌う。「ことに」は殊に、普通と違って。「寝ざめてはまづ枕べに時を見る」はその便利性を語る。

午つくる音も器《うつは》のさす針も日のただ中をはづれざりけり　高橋　蝸庵

午報の音も時計の中の針も一致して正午の時刻をはずすことがない、正確だ。

時はかる器の針もをりをりはおくれ先だつ世にこそ有《あり》けれ　税所　敦子

正確無比の時計の針もたまには遅れることがある。人間の作るものだから仕方がない。

＊

香水

香水は日本にはなく、古くは麝香《じゃこう》などを布に包んで懐中にしたが、明治になって西洋から直輸入された。種類はバラの香が多く、その後には菫《すみれ》が流行ったという。衣服あるいはハンカチなどに振りかけて匂わせたが、この集の作例では頭髪に振りかけたようである。香水風呂は大正時代に入ってからのこと。

外《と》つ国の花の雫《しづく》のかをりきてかしらの霜も匂ひぬるかな　稲葉　正邦

香水をつけると異国の花の雫のかおりがして頭の白髪も匂うのである。

百《もも》くさの花をかざししここちして黒髪かをる水のよろしさ　前田　利昭

百種類の花をかざした心地がして黒髪のかおる香水は中々いいものだ。

たをやめの傍《かたはら》よりも先だちて心うごかす花の香の水　今淵　正武

淑女の近くに居るよりも先んじて自分の心をうごかす花の香の液である。

永《とこしへ》に咲《さき》つる花の露とめてみどりの髪を匂はする哉　安藤　顕寧

（香水は）とこしえに咲く花のような露をとどめて緑の髪を匂わせてくれる。

心さへすずしくなりぬ華かをる水をうちてき櫛けづりして　牛奥　光子

（黒髪に）花の香のする水を打って櫛けずれば、心まで涼しくなった。

*

外婚

外国人との婚姻のこと。この時代、どれほどの件数があったか統計的にはわからないが、ごく少数で、やはり世人の好奇の眼で見られたことは否定できない。鎖国時代には幕府は鎖国令により、外国人と日本人との間に生まれた混血児とその母親をマカオやジャカルタに追放しており、やはり悲劇を免れなかった。『幕末維新人物事典』（歴史群像編集部）によると、高杉晋作の従弟、南貞助が慶応元年《1865》、イギリスに秘密留学し、さらに明治四年《1871》再渡英して英国女性を妻として帰国したとある（のち離婚）。日本の外婚第一号という。

蟹もじの横はしりたるつまどひはいちはやき世のみやびならまし　三田　葆光

蟹文字同様に横ばしった妻問いは時代の最新の雅びなのであろう。

大船に真《ま》梶《かぢ》しじぬき西の海につままぐ世とも成《なり》にけるかな　加部　厳夫

大船に梶を数多く取りつけて西洋まで妻を追いもとめる時代となった。

天《あめ》の下したしみ広くなりにけりとつ国人《くにびと》にとつぎゆるして　石川　黙翁

世界が親しみ広くなってきた。異国の人との婚姻が許可されて。

今はただ唐《から》も大和もうちまじりなさけの露に生ふるなでしこ　島川　竹介

今はただ異国も大和も入り交じり男女の情愛のなかで撫子（日本女性）の花が咲いている。

＊

屠《と》者《しゃ》

肉食が一般化されて、当然の事ながら食肉用に家畜を殺すのを業とする人が現われた。落魄した士族も従事することがあり、ここにも歌に詠まれている。

中々にほふるをうしと思はじな身のやしなひになると思へば　橋本　文助

牛を屠る仕事をなかなか憂し（牛に懸ける）とは思わないらしい。それは自分の生活の根幹にかかわることだから。

あゆむふり見るだにうしといふなるをほふるを業となす人やたれ　大熊　教政

歩みの遅い牛はその姿を見るだけでも憂しと思うのに、これを屠るのを生業とする人がいる。それは誰であろう。

世をわたるおのがわざとてうしとだに思はでほふる人も有《あり》けり　中里　安衛

世を渡る自分の業を思えばそれだけでも憂し（牛）なのに、そうは思わずに屠畜する人もあるのだ。

＊

剪髪舗《せんぱつほ》

今にいう理髪店のこと。明治四年《1871》に散髪脱刀令が公布され、明治六年《1873》に明治天皇自身が断髪されて次第に散切頭が普及しはじめた。

真《ま》すぐなる朝まだきより門明《あけ》てよもぎのかみをからんとやする　林　信立

剪髪舗は、正直に朝早くから門をあけて蓬のように伸びてみだれた髪を刈ろうとしている。

駅逓《えきてい》

郵便の旧称。江戸時代には町飛脚があったが、近代的郵便制度が国営ではじめられたのは、明治四年《1871》三月である。

＊

雪深きみやまの奥の里までもとどこほりなくふみかよふ世ぞ　高橋　蝸庵

雪がつもった深山の里までも滞りなく文の通うありがたい時代となった。

ふみかよふ駅《うまや》の鈴のひびきこそひらくる道のしるべなりけれ　戸塚多祢子

文のかよう駅の鈴がひびいてくるが、これこそ開化の世のしるしである。

＊

万国公法

国際法の旧称。

これとかれと国こそかはれ天の下人のふみ行く道はたがはず　宮崎　幸麿

これと彼と国は変わるとも、天下万民の踏みゆく道に変わりはないのだ。

＊

洋医

十七世紀に幕府が鎖国令を布いてから、南蛮人の渡来は厳禁され、オランダ人だけが来航を許された。オランダ人は長崎の出島で貿易を行い、出島の商館には医官を置いた。ケンペルやシーボルト等はいずれも商館の医官として来朝したものである。それ故、オランダ医学が日本の医学の発展に与えた影響は著しいものがあった。維新後はドイツ医学を日本の医学教育の根本とする方針となり、西洋医学はいよいよ本格的に行なわれた。

生死《いきしに》を心のままになすと聴くくすしのわざのくすしくもあり　（作者名空白）

西洋医学は進んでいて、医師は患者の生死を心のままにできるというが、その技術たるやまことに奇妙で不可思議である。

*

策杖

洋式の杖。ステッキのことか。散策の杖でもある。日本人が初めてステッキを持っているのが確認されたのは、文久三年《1863》幕府からフランスに派遣された第二回遣欧使節団のパリでの記念写真という説がある。その後、明治十年《1877》頃に紳士のアクセサリーとして流行りだし、大正末から昭和初期には若者たちにも受けて大いに流行したという。

ものごとにあゆみをいそぐ心よりなべて杖つく世とはなりけん　嵯峨　実愛

物事の進歩を急ぐ心理からすべての人がステッキを突く世となったのだろう。

*

華族独歩

歴史年表によると、明治七年《1874》の欄に「華士族分家の者は平民籍に編入、分禄を許さず」とある。この華族分家の令によって平民になった人の境遇の変化を詠んだものか。

みそら行く月にもかげはそふものをいかにやひとり雲のうへ人　稲葉　蓬雲

分家し孤独になった境遇を「いかにやひとり雲のうへ」と譬えている。

冠《かんむり》もいまはあしだとはきかへてみやこ大路を行くは誰が君　大島　貞薫

冠をいまは足駄と履き替えて都大路を行く君は誰であろう。

馴《なれ》ぬればかしづく人もともなはで世は有《あり》安き身とぞ成《なり》ぬる　市村　章

今はかしずく人も居なくなって生活も安気になったことであろう。

其の昔梢のうへに見し月も今にごり江にひとりめづらむ　和田　耘甫

その昔、広い庭園の木末のうへに見た月であろうが今は濁り江の岸に孤独に愛でるのがあわれである。

かしのみのひとり梢をはなれけりひらけ行く世の風にまかせて　島川　竹介

「かしのみの（樫の実の）」は独りに懸かる枕詞。歌意、ただ一人うからから離れてしまった。開化の世の冷たい風の吹くにまかせて。

一むらのつらをはなれてそことなくひとり雲ゐを渡る雁がね　大熊　教政

一群れの列を離れてそことなく孤独に雲居をわたる雁のようだ。

屋形尾《やかたを》のしらふの鷹の野ざれして独り餌《ゑ》はめるおもしろの世や　中島　清民

屋形に似た模様のある鷹が独り野にさらされながら餌を食べている。おもしろい世の中になった。「鷹」は華族だった人を譬える。

＊

植物御苑

萩の花を花くず花それのみか八千くさ匂ふ九重のには　前田　利昭

上二句は「萩の花」「尾花」「葛の花」と読み、万葉・山上憶良の七草を詠んだ歌に拠っている。御苑に咲き匂う八千草のすばらしさを讃える。

うゑなべしすももからもも百草の木々のさかゆく御世《みよ》にも有るかな　高橋　蝸庵

植えならぶ李や唐桃などの多くの木の花の咲くように、栄えゆく世が思われることだ。

＊

沖縄県

かつて琉球王国として栄え、日本・中国両属の形を取った。慶長十四年《1609》に島津氏に侵攻され従属。維新後の明治五年《1872》には琉球藩が設置され、国王尚泰が藩主となり華族に列せられた。しかし明治十二年《1879》に首里城を明け渡し琉球王国は無くなり、沖縄県が誕生した。

むすぼれし心も今は打とけて君にまつろふおき縄の国　藤井　行道

堅く結ぼれていた沖縄の心も今は打ち解けて日本に従うようになった。

あらためてあがたをここにおき縄も元《もと》我国の沖の一島　久保　季茲

改めて県が置かれた沖縄も元をただせばわが国の沖の一島であった。

ながれゆくみづちとみえし島国もあがたとなりて賑はひなまし　速水　行道

流れ去る蛟《みずち》（想像上の動物）と見えた島国も県となった。繁栄して欲しいものだ。

ただよへる沖縄島も浦安の国とさだめて動かざりけり　八木　雕

漂っていた沖縄島も浦安の国と決まった。これからは動揺はしないだろう。

からやまとより合せたる沖縄のむすぼほれしも今はとけたり　大熊　教政

唐と大和を撚り合わせたような沖縄の結ぼれた心も今は解けたようだ。

上野公園

＊
明治九年《1876》の開園。大正十三年《1924》に宮内省から下賜されてからは、上野恩賜公園と呼ばれた。

いつくしみ深き上野のみそのには心ゆくまで民も遊ばむ　村山いさ良

天皇の慈愛のふかい上野公園は心ゆくまで民の遊ぶ場所となるだろう。

諸人の心の花ぞ咲にほふ雲の上野の春の御園生　久保　侗

庶民の心の花とばかりに桜の花が雲のように咲き匂う上野の公園である。

法《のり》の国ちりての後《のち》ぞ今さらに東の比えの山はにぎはふ　久保　季茲

法の国（幕府のことか）が散った直後なのに今更のように東叡山は賑わっている。

あれにける上野の岡も大君のみそのとなりて賑ひにけり　上林　寿子

ひとたびは戦火に荒れた上野の岡も天皇の御園となって賑わっている。

電話器

＊
明治九年《1876》にアメリカ人A・G・ベルによって発明されたが、日本では明治十一年《1878》に警察用電話として実用化され、二十二年《1889》に逓信省で東京～熱海間の公衆用市外電話の商用試

験が開始された。

一すぢの糸のたよりにいく里の人と物いふ世となりにけり　松平　親貴

「一すぢの糸」は電話線のこと。幾里も離れた人と物を言いあう新しい時代になったという意味の歌。

遠遠《とほどほ》にかけはなれてもことのはをうつす器《うつは》のある世なりけり　豊　時隣

遠くはなれていても言葉を移す器械がある便利な世となった。

きかざりきくすしき神の御世にすら山をへだてゝことゝひしとは　遊坐　千尋

人智では計れないふしぎな神世ですら、山を隔てて言葉を交わすとは聞いたことがなかった。

棚機《たなばた》に貸してしもがな天の河へだてしだにもかたりあふべく　三田　葆光

電話器は七夕の彦星・織姫に貸してやりたい。天の川を隔てても語り尽くせるように。

伝《つ》手《て》のめに見《まみ》えみずして耳にのみ物いふ声のかよふあやしさ　上林　寿子

（電話器は）相手の目を見ることなく直接その耳に物言う声が通じるというのが妖しい。

靖国神社

＊

明治二年《1869》、東京招魂社として創建。社地は大村益次郎の選定。明治維新およびそれ以降の戦死者を合祀。明治十二年《1879》に現名称に改称された。

仰げ人国やすかれとますらをの思ひくだけし玉のみやしろ　　鶴田　豊雄

人よ仰ぎなさい。国の安泰を念じて亡くなった丈夫の魂魄がこもる御社なのだから。

君が為世の為すてしその身こそとはにさかゆる靖国の神　　小中村清矩

君のため世のため捨てたその身があってこそ永遠に栄える靖国の神なのだ。

すめらぎのみたてとなりし神垣を千世やす国と仰がぬはなし　　西尾　正秋

天皇の身楯となった神のいます玉垣を千年も安かれと仰がない者はいない。

をさまれる御世をば千代も守るらん名もやす国といはふ神垣　　村山いさ良

平和に治まった世をさらに千年も守るため、その名を靖国と称して祭るみ社である。

君が為とぶ火と消えしますらをの玉かがやけるこれのやしろか　　南部　祝子

大君のため飛ぶ火と消えた丈夫の御霊が輝いているのはこの社である。

＊

商業夜学校

明治五年《1872》の学制において「諸民学校」の規定が設けられ、男子十八歳、女子十五歳以上のものに生業を営むあいだ学業を授け、あるいは十二歳から十七歳の者に生業を導くため授業がなされ、多くは夜分に開かれることになっていた。しかし、この諸民学校は実際には設立されずに終った。

なりはひにひるはいとまのなき人も夜半に明るき道学ぶらん　増淵　忠直

生業のために昼は時間のない人も夜中に理解を助ける学業にはげんでいるのだろう。

あき人のたつきのいとま夜をこめてふみ見かぞへ見学びするかな　久保　侗

忙しい商売のあいだに夜ふけまで書を読んだり数を算えたりして学ぶ人がいる。

市に出て物うる人もぬば玉のよるは学びの道はげむなり　上林　寿子

市場に出て物を売る人もその生業だけではなく学びの道にも励んでいるのだ。

＊

自転車

『横浜もののはじめ考』（横浜開港資料館）によると、自転車は横浜居留地に開港後まもなく伝来したという。二輪車だけでなく三輪車もあった。明治十二年《1879》には梶野甚之助が蓬萊町に製造所を設立、十三《1880》年頃には石川孫右衛門が元町に貸自転車屋を開業した。

よそめには心やすげに見ゆれども足にはひまのなき車かな　松平　親貴

よそ目には安心して見えるだろうが、乗る者から言えば足のひまのない忙しい車である。

手もたゆくまはす車は水鳥のあしにひまなき思ひのみかは　三田　葆光

ハンドルを握る手がだるくなって進めるこの車は水鳥が水面下で絶えず脚を動かすように忙しいものだ。

独りふみはしる車のやすけきは疾《と》きもおそきもおのがまにまに　碓田　豊綱

独りでペダルを踏んで走るこの車の良い所は遅速が自分のままに調整できる点だ。

くつつけて我とは路をあゆまねど足にひまなき車なる哉　高橋　蝸庵

靴を履いて自分と路をあゆむ訳ではないが、兎に角足にひまのない車である。

人並の足あるものを手もたゆみ片わ車にこけつまろびつ　平井　元満

人並に足はあるのだが、手もだるくなり、片輪車にはこけたり転んだりする。

落ちにきと人にかたるな我とわがとる手車のくさびゆるみて　小俣　景徳

車から転げ落ちたとは人には語れない。自分の握るハンドルの手がゆるんで転んだのだから。

＊

石鹸

堤磯右衛門という人が横須賀製鉄所で働いていた時、フランス人技師ボエルから製法を伝授され、明治六年《1873》に工場を設立し、七月から売り出したのが国産洗濯用石鹸のはじめという。

（横浜開港資料館『横浜もののはじめ考』）

是《これ》をもて洗へば清くなりときく心の垢をいかにしてまし　金井　明善

手足を清くするという石鹸といえども心の垢は除けないとの歌意。

＊

道路修繕

維新後、各地で盛んに道路修理が行なわれたと見え、次のような歌が作られた。

きのふまで行《ゆき》なやみしも新しくひらけし道の心《ここ》ちこそすれ　三条西季知

昨日までは行き悩んだ道だったが、道路修繕を施して新しく切り拓いた道のように立派になったのが嬉しいという歌。

こごしかる千曳《ちびき》のいはほ引ならしつくれる道は千世も動かじ　大川　御年

この作者の居住地は信濃国埴科郡とあるので、地方での嘱目であろう。こごしく巨大な千人曳きの巌を引き均して作った道だ。千年も変わらないだろう。

＊

舷灯《げんとう》

舷《ふなばた》にかくるともし火数そふもひらけ行く世の光なりけり　宝田　通文

船の舷側に飾るともしびの数が増えて明るくなった。これも開化というものなのだ。

ともし火のかげ動くなり夜をこめて碇やあげし沖の大船　伊東　祐命

抜錨して動き始めた船の光景を描く。「夜をこめて」はまだ夜が深いのに。

ともし火の花の光にほばしらも星の林と見えにけるかな　大畑　弘国

船の帆柱にかかげた照明の数の多さを「星の林」と美化して言った歌。

＊

絨緞《じゅうたん》

室内を装飾する厚地織物の敷物。もとはヨーロッパから輸入された。ベルギーのブラッセル・カーペットが最上で、イギリスにもスコッチ絨緞がある。またトルコ製のものをターキー・

（自転車）　石鹸　道路修繕　舷灯　絨緞

カーペットといい、これらを模したのが堺の緞通《だんつう》で、有名だった。

色々の花鳥《はなどり》のかたあやなして毛おりむしろにしくものもなし　宝田　通文

いろいろの花や鳥の形が綾をなしていて毛織むしろに優るものはないの歌意。「毛おりむしろ」が笑わせる。

花鳥のあやおりなせるからむしろ外にしくべきものはあらじな　谷　勤

花や鳥の綾を織りなした唐むしろ以外に勝るものはあるまい。

常磐《ときは》なるみどりの色もくれなゐも工《たく》みにおれる花むしろかな　多門　正史

常にかわらない緑の色も紅のいろも実に巧みに織りなした花筵であることよ。

*

化学

江戸後期から明治初期にかけての化学の呼称は「舎密《セイミ》」と言った。明治二《1869》年、大阪に開講された理化学研究教育機関は「舎密局」と言った。ここでは化学という新しい呼称で呼んでいる。

形はた色なきものもそのさがを学《まなび》の道にはかりしられつ　菊地　長閑

形も色も無いものも学問の道によってその物性が測り知られたのだ。

六十あまりふたつよりしも世中《よのなか》のよろづのものはなるとこそきけ　松沢　翠

元素の数は六十二（当時）もあり、これによって地球の万物は成り立っているのだ。

＊

洋紙製造

洋紙の製造は植物性の繊維を材料として、アルカリ液を加えて煮沸し、さらに衝き砕いて軟塊とし、樹脂または糊などを加えて漉いて製するが、その材料の「植物繊維」に注目してここでは詠まれている。

廃《すた》れるを起《おこ》すみ世こそかしこけれつづれも清き紙となりつつ　太田　孝

廃れた事業を再興する世は尊いことだ。材料のつづれ（やぶれごろも）も清潔な洋紙となって出てくるのだ。

思ひきやわわけたる布《ぬの》かくばかりましろき紙にならん物とは　南部　祝子

思ったであろうか。破れ布がこのように真っ白な紙となって出てくるとは。

＊

南京米

葦原《あしはら》のみづほのよねにくらぶればしなはいたくもおとりぬるかな　星野　千之

葦原の瑞穂の国の米に比較すると南京米は品質がひどく劣っている。

＊

劇薬厳禁

罌粟《けし》におく露のもろひねもれて世にうりかふわざは許ざりけり　　谷　勤

罌粟の実から製する麻薬の一つ、モルヒネは警察の目を潜っての売り買いは禁じられているのだ。忘れてはいけない。

＊

徴兵使

千《ち》万《よろず》のますらたけをよいでこいでこ皇御軍《すめらみいくさ》に召すといふなり　　大島　為足

明治十二《1879》年十月、徴兵令が改正された（兵役年限を常備三年、予備三年、後備四年の計十年に延長し、免役範囲を縮小。また海軍の徴兵を別に定めるなど）。

「ますらたけを」は益荒猛男と書く。剛勇な男よ、出て来い、出て来い（いでこいでこ）。天皇の軍隊に召集するのだという歌。

＊

耶蘇教会

長い鎖国の時代、キリスト教は禁教とされたが、文久二《1862》年、横浜に最初の天主堂が竣工され、元治元《1864》年長崎に大浦天主堂が竣工されてから次第に広まった。しかし明治政府は国教を神道と定めたので、布教は順風満帆というわけには行かなかった。

目をふたぎ記憶つぶしていのるかな罪をとなふる声の言の葉　小原　燕子

（牧師の贖罪の説教は）目を塞ぎ記憶をつぶして一心に聴くのである。

＊

牧牛場

養《やしなひ》の道をしみれば馬ならでうまはる牛の数もしられず　速水　行道

牧場を覗いて見ると今では馬は居らず、生みふやすのは牛ばかりである。

＊

洋紅

古くは紅花から採られた紅を顔に塗りあるいは唇につけた。江戸末期には艶紅や笹紅というのが流行ったが、幕末には廃れて京紅になった。明治になってから洋紅が入ったが、在来のものとは違った色をして違和感があったようだ。

水くくるからくれなゐにあらねども神代もきかぬ色とこそしれ　三輪　義方

「くくる」はくくり染のこと。絞り染め。古今集在原業平の歌にある。歌意は絞り染めの韓紅ではないが、洋紅は神代も聞いたことのない鮮やかな色だ。

＊

劇薬厳禁　徴兵使　耶蘇教会　放牛場　洋紅

端書郵便

明治六年《1873》十二月、郵便葉書が発行された。初めは二つ折りであったが八年《1875》頃から単葉になった。便利で大いに使われた。

天飛《あめと》ぶやかりのはがきの一筆に事足る世ともなりにけるかな　　葉若　清足

空を飛ぶ雁の羽に書いたような軽便な一筆で事が足りる便利な世となった。

海山をへだてし国もつつみなくふみの行きかふ世となりにけり　　伊東　祐命

海や山をへだてた国であってもつつがなく手紙の行き交う世となった。

天翔る雁のつばさの一ひらの羽にかくもじのゆききはやしも　　加藤　安彦

空を駈ける雁の翼の一ひらのような葉書ができて文字の行き来が早くなった。

ゐながらに思ふかたはしかきやりて便《たより》よろしき世とはなりけり　　宝田　通文

居ながら思う片端を書いてやって便りが通ずる世の中となった。

こがらしはとはに吹かねどいづかたもことのはがきは散らぬ日もなし　　平井　元満

木枯らしは吹かないが、どこを見ても言葉の葉書が風のように散らぬ日はない。

*

鯨漁社

万葉集に「鯨《いさな》取り」の語が出てくるようにわが国の捕鯨の歴史は古く、江戸時代には紀州太地《たいじ》の浦や肥前生月島《いきつきしま》、土佐の沿岸などの沿岸で多数の勢子《せこ》舟により双海舟が張る網の中へ鯨を追い込み、銛で捕殺して海岸で解体するという小型捕鯨が行なわれていた。この漁法は、明治中頃まで続いた。その後、近代的な母船式と近海捕鯨に分かれた。

いさなとるわざに心をつくしの海千ひろさく縄たれ結びけん　谷　勤

筑紫には捕鯨の技に心を尽くし、千尋の海に垂らすという縄（索縄か）がある。誰が結ぶのだろうか。

いすくはし鯨とるとてますらをのしらぎの海に舟出するみゆ　大島　貞薫

「いすくはし」は鯨の枕詞。捕鯨のため丈夫が新羅の海に船出するのが見える。

開拓移民

＊明治二年《1869》、官庁に開拓使が創設され、北海道および樺太などの行政・開拓をつかさどったが、十五年《1882》に廃された。

えぞが島あらきにうつす民草は根ざしも深くさかえゆくらん　中里　幸獰

「えぞが島」は北海道。「あらき（新墾）」新たに開墾したこと。歌意は北海道の開墾地に移した民は根が土中に伸びるように繁栄してゆくだろう。

熊の住む蝦夷の荒野のくまもおちずひらけ行く世にうつる諸人　宝田　通文

熊の住む蝦夷の荒地もくまなく拓ける世となったが、そこに移植する人たちも次第に多くなった。

いばらかり竹の根ほりて今よりは青人草をうべかりけり　高橋　蝸庵

茨を刈り竹の根を掘って開墾した蝦夷地にはこれから大いに民草を移民すべきである。

月に日にえぞが千島も栄えなん御民のたねをうつし植つつ　村山いさ良

月新日歩で蝦夷地の千島も栄えることだろう。民草の血筋を移し植えるのだから。

＊

虎列羅《コレラ》

コレラ菌の経口感染による急性消化器系伝染病。日本には文政五年《1822》初めて侵入し、以後しばしば流行。死亡率が高いので、コロリと称せられた。激しい下痢、嘔吐のため、脱水症状を起こす。明治十二年《1879》三月、松山に発生した同病は全国に蔓延、政府は虎列刺病予防仮規則等を定めて防止対策を立てた。大阪府では寄席類の興業を停止し、各地でコレラ送りの騒動が続発した。

昔には似ずぞ有らまし今の世の口より尻よりこくやまひはも　星野　千之

結句の「こく」は漢字で書けば「放く」と書く。激しい下痢、嘔吐をともなう流行病なので「口より尻よりこく」と言った。歌意は、もう昔のようにはならないでおくれ。吐瀉や下痢に苦しめられるこの病は。

＊

犬追物《いぬおうもの》御覧

馬上から弓で犬を射てその技をきそう武芸。明治十二年《1879》八月、グラント米国前大統領が来朝の時に上野公園で天覧に供された。

かけはしる犬の心はしらま弓われおとらじと追ふ人や誰　　風早　公紀

駆けはしる犬の心は知ることができないが、犬に劣るまいと弓を構えて追う人はどこの誰だろう。

犬をおふさまめづらしな乗る人も駒のこころも勇みいさみて　　増山ミ雪子

犬追物を見るのは珍しいことだが、騎射する人も駒もこころ勇んでいるように見えた。

＊

電信機

一八三七年（天保八）、アメリカ人モールスによって発明された。それまで人間や馬によって伝達されていた通信は、電気の作用により、一瞬の間に達することとなり、通信の大革命をもたらした。日本でも信州松代藩の佐久間象山は蘭学から電信の原理を学び、嘉永年間《1848〜53》に、独特の機械で実験している。電信機が初めて渡来したのは安政元年《1854》で、ペリーが二度目に来朝したとき携帯し献上したものである。明治政府は明治二年《1869》十二月、東京・横浜の両電信局の間に布設し、大衆の電報を扱った。

大空にほのめくのみかわたつみの千《ち》尋《ひろ》の底もかよふ稲づま　大島　貞薫

大空にひらめくのみか深い海の底にも通う電気の作用には驚くばかりである。

引そふる便りの糸のことづてにあはでも無事をかたる御世かな　黒川　真頼

傍にある便りの糸（電信）の言伝によって逢わずとも無事を語りうる時代である。

時のまにかよふことのは奇しきかもここ一すぢの糸にたよりて　根岸　正敷

この一筋の糸にたよって、瞬時の間に通じる電信の不可思議さよ。

*

汽船

たぎる湯のちからに浪路疾《と》くはしる巧《たく》みくすしき浮宝《うきだから》かも　小野　高堅

蒸気の力で波の上を疾走する船のさまは巧みでふしぎで、まさに「浮き宝」という言葉にふさわしいものだ。

葦間《あしま》はふ蟹なすもじの横浜にけぶりをたててくるは誰の子　原　三幸子

葦のまを這う蟹に似た横文字の横浜に汽船のけぶりを立てて来る人はどこの誰の子だろう。

*

瓦斯灯

イギリスで石炭ガスを灯火に利用したのは十八世紀末からで、わが国では高島嘉右衛門が計画し、明治五年《1872》に横浜の一部に瓦斯灯を点火したのが最初である。東京では明治八年《1875》、京橋から万世橋へ、常盤橋から浅草橋へそれぞれ点火された。

八街《やちまた》をてらすのみかは家ごとに光をかすのともし灯《び》やこれ　千家　尊福

繁華な街を照らすだけでなく家毎に光を貸してくれるともし火はこれである。

ともし灯の光さやけみ闇の夜も都大路は行きよかりけり　村上　忠順

ともし灯の光が明るいので闇夜であっても都大路は行きやすいのである。

*

新聞紙

明治八年《1875》五月、国安妨害の記事を掲載した新聞・雑誌に対し、内務省で発行停止・禁止の行政処分を行なうことが定められた。

一ひらにかきあつめても見するかなうら表ある人の心を　藤堂　高潔

一枚の用紙に掻き集めて見せるのだ。裏表のある人のこころを。

ゐながらにむかふも嬉し朝な朝な咲くやことばの花のいろいろ　増山　正同

居ながらに読めるのも嬉しいことだ。新聞には毎朝言葉の花が咲いている。

世の中はきのふの淵も飛鳥《あすか》川けふ見るからに顕《あらは》れにけり　小出　粲

世の中は昨日の淵も明日は変わるという飛鳥川の名前のようだ。今日見ればその通りに表れていた。

手にとりて見れば筒井《つつゐ》の蛙《かはず》すら世に海川の有《あ》るをしるらん　近藤　幸殖

新聞を手にしてみれば私のような筒井の蛙でも世の中には海があり川があることが知られる。

世中《よのなか》の人のよしあしかきつめて難波のうらの恨みなき世や　高取　方烈

世の中の人の善し悪しを書き詰めて難波の浦の恨みのない世なのである。

＊

絵入新聞

世の中のあはせ鏡と成《な》りにけりそのよしあしをうつしゐにして　加部　厳夫

絵入新聞が発行されるようになって、世の中が合わせ鏡を見るように人の善悪を映し出されるようになった。

＊

洋書

とつ国のふみのはじめは葦間ゆく蟹の後見てつくり初めけん　久我　建通

西洋の横文字の書物のこと。

外国の文字のはじめは葦むらの間を横に走る蟹を見て作りだしたのだろうか。

＊

交際

天雲《あまぐも》のよそにへだてし国人《くにびと》も友としたしむ君が御世《みよ》かな　高崎　正風

空にうかぶ雲の外に隔てていた異国の人も友として親しむ世になった。

＊

斬髪

「ざんぎり」に同じ。髪を剃りもせず、結びもせず、切り下げたままにしておくこと。明治初年に流行し、半髪・総髪に対して文明開化の象徴とされた。「散切り頭を叩いてみれば文明開化の音がする」

よそ国にならふと人は思ふらん神代にかへる髪の姿を　　近藤　幸殖

斬髪は外国の風習に習うというのではなく、日本の神代に還る姿なのだ。

長かれと思ふ黒髪思ひきや世のならはしに斬らん物とは　　近藤幸殖の妻　捨子

黒髪は長いのがよいと思っていたものを、世のならわしに合わせて斬ることになろうとは思ってもみなかった。斬髪に対し女性側からも不満を陳べた歌。近藤捨子は幸殖の妻。夫婦二人で断髪に抵抗を見せている。

＊

撮影

わぎも子の花のすがたをうれしくも物いふばかり写しつるかな　　渡　忠秋

吾妹子の花のような姿をうれしくも物言うばかりに写して下さった。

＊

国会

『開化新題歌集』は三編とも太政官制の時代に出版された。明治十三年《1880》三月には太政官組織の改正があり、法制・会計・軍事・内務・司法・外務の六部が置かれ、参議十人の分担が定められた。ここに「国会」のような新題が出現するのは政府の内情と無関係ではないと思われる。

国てふは人もてなれり其の人にはかりはかりて法《のり》ぞたつべき　藤波　教忠

国家というものは人によって成り立っている。人と人に諮って法律をつくり治めるべきである。

＊

隧道《すいどう》

トンネルのこと。山腹や海底など地下に築造された人工的通路。道路・鉄道などの交通用、運水用のほか下水道、ケーブルなどにも使用される。掘削機を使用する。

あらがねのつちの底にも玉ぼこの道ひらけ行く君の御世かな　石川　貞直

「あらがねの」は「土」にかかる枕詞。「玉ぼこの」は「道」の枕詞。昔は不可能であった土の底にも人の行く道がひらける大君の御世になったの歌意。

根《ね》の国にかよふ道かと思はれてあなあやしやといふ外ぞなき　高橋　蝸庵

「根の国」は死者がゆく黄泉《よみ》の国のこと。（隧道は）黄泉の国にかよう道かと思われてただただ妖しいというほかはない。

＊

士族帰農

明治維新の結果、士族は廃禄になり、政府の奨める帰商帰農も士族の商法で失敗し、果てには不馴れな農業に就いて生活する者も少なくなかった。その上、明治十年代にはインフレがすすみ、米価が急騰して士族は窮迫する者が多かった。

あはれあはれきのふは太刀を磨きしをけふは鎌とぐ身と成《なり》にけり　吉田　正明

士族はあわれである。昨日は太刀を磨き戦に備えたが、今は帰農して鎌を磨ぐ身分となった。

＊

教育論

世にあまたよき母をしもつくらずば児らを教ふる道や絶《たえ》なん　小原　燕子

世の中に賢母を多く作らなければ子供らを教える道が途絶えるだろう。

＊

僧侶妻帯

明治五年《1872》、僧侶に肉食・妻帯・蓄髪および法用以外での平服着用が許可された。

山にふし野にふすよりも楽しけん朝はの妻を見つつ暮らすは　林　信立

（仏法の修業で）山に臥し野に臥せるよりも朝々近くに家妻の姿を見る暮らしははるかに楽しいのではないか。「朝は」の「は」は助詞。

＊

西洋の物具の流入は止まらず、馬具も入ったのであろう。形状や構造は不明だが、深々と毛覆があったようで、耳が隠れていたようである。

西洋馬具　毛覆

疾《と》き駒の耳さへふさぐ世間《よのなか》に眼《まなこ》ばかりはいかで出すらん　　大久保忠保

疾走馬の耳を塞ぐような馬具である。眼ばかり出すように見えるのは好ましくない、耳も大事なのだという寓意にとれる。やや批判的な歌。

＊　＊　＊

巻頭に書かれた福羽美静の「風・変・化・移」の力強い四文字が何時までも反響している集である。また、編者大久保忠保の短い序言も大いに考えさせられる内容である。「昨日珍しいと思ったことも、今日は珍しくない。今日新しいと思ったことも明日は古くなる」のくだりは文明開化の新旧交代のスピードの速さを嘆くと同時に万物流転の相を哲学しているような味わいがある。いかにも内容の充実した集と言えよう。一方、この集の特色はもう一つあって、それは官位を持つ歌人の参加が二十九人も居ることである。これは他の二集よりも断然多いので注目していい。名前を少し挙げると従一位近衛忠熙から正二位松平慶永（春岳）を経て正七位八木雕までなかなか多彩で賑やかな顔触れである。中でも松平慶永については少し掘り下げて考えてみる必要があると思われるのであとで少し検討を加えることにした。

なお、本編では歌題五十二題、歌数一二六首について鑑賞した。

三編

(序)

瓦斯灯の光よもにみちて　玻璃窓の明らかなる世は　歌よむわざも鉄路の年々月々にひらけ　郵便の日々夜々に学ぶ人多くなむ成ぬる。しかはあれど、歌のさまは斬髪のごとく一様ならず。或るは洋人のたけ高く工部のたくみに　或るは清兵の猛く雄々しく　芸妓の優に艶なるあり。又官員のあでに新民の賎しき姿ありて　勧工場の着物さまざまなるを　大久保ぬし　製糸場の女工いとまなき中より博覧会の出品よりくるまにまに　花族平民のわかちなく娼妓のあの物ならねど　よしあしの検査し　植物園の草木花も実もあるを撰びとりて　かく新題和歌集を三編またくえらばれつるを　その道にあらる人には　内国の行幸に天顔を仰ぎ奉り　軽気球にのりて大空をかけるが如く嬉しく楽しくよろこぼひなんと　とまりたる袖時計思ひめぐらし　小学校の生徒つたなき筆を汽車のやうに走らして一言そふるは　ひがごとおほき伊勢国より　昨年の春東京小川町に移ろひてすめる　佐々木弘綱

（序　現代訳）

ガス灯の光が四方に満ちてガラス窓の明るくなった世は、歌を詠む技も、鉄路の年々月々に開けて郵便が日々夜々広まるように、学ぶ人も多くなってきている。そうは言うものの、歌のさまは斬髪のように一様ではない。或いは西洋人の丈たかく、工部省の技術の巧みや、或いは清の兵の猛く雄々しく、芸妓の優に艶なるように多岐である。また、官員のあでやかさや新民の賎しき姿もあって勧工場に並ぶ着物のようにさまざまであるが、編者の大久保氏は製糸場の工女のいとまなき中より博覧会のくるまにまに、華族平民の別なく、娼妓のあの物ならねど良し悪しの検査をし、植物園の草木でも花も実もあるものを撰び取って、このように新題和歌集を三編全部を撰ばれたのは、その道にある人には内国の行幸に天顔を仰ぎたてまつり、軽気球に乗って大空を駈けるように嬉しく楽しく喜ばれるのである。止まった袖時計に思いめぐらし、小学校の生徒がつたない筆を汽車のように走らせて一言添うるは、心得ちがいの多い伊勢の国より、昨年の春東京小川町に移りきて住む佐々木弘綱である。

開化の文物を巧みに詠みこんで時代と現在を描きだし、最後に自己紹介を述べるという機知と情趣に富んだ巧妙な文章と思う。

＊　＊　＊

元始祭

宮中祭祀の一つ。一月三日、宮中三殿で天皇自ら皇位の元始を祝い、皇祖以下祖霊、諸神をまつる祭儀である。明治三年《1870》に始まり、全国の神社でも行なわれ、以後、一般の祝祭日にもなった。

榊葉《さかきば》にゆふしでかけて神ながら神をまつらす年のはじめか　酒井　忠経

榊の葉に木綿の玉串を掛けて神のみこころのままに神をお祭りする年の始めである。

あら玉の年のはじめの祭とて都《みやこ》も鄙《ひな》もなびく日の旗　桜井　敬長

新年のはじめの祭日として都も田舎も日の丸の旗が立ち靡いている。「あらたまの」は年にかかる枕詞。

*

外務省

外交関係処理を主管する中央行政機関。外交政策の企画立案と実施、貿易・航海に関する国の利益の擁護、条約の締結、国際協力の推進、文化交流、在外法人の保護、海外渡航・移民の便宜供与などをつかさどる。明治二年《1869》設置。

外国《とつくに》もまつろへる世のことさはにおほやけごとも広き御代かな　岡野　伊平

外国もまつろう世となって公共の仕事も広く大きくなった御代であるの意。鎖国時代とは大きく変わったとの感想が詠まれている。

＊

学校教育、社会教育、学術・文化の振興・普及を主管する中央行政機関。明治四年《1871》に設置。宗教行政もその所管に属する。

文部省

ひらけゆく学びの窓を照らすらん雪も蛍もかきあつめつつ　　城　慶度

開化の時代に適応するように学制が変わり、新たに文部省が置かれた。雪や蛍の光も集められ多くの学びの窓を照らすことであろう。

＊

明治政府の中央行政機関の一つ。明治三年《1870》十二月十二日設置。産業近代化の推進を任務とし、鉄道・電信・鉱山・製鉄・造船などを管轄して官営工業の中心となった。外人技師の雇い入れ、技師の養成も行なった。明治十八年《1885》廃止。

工部省

年月に工《たく》みの司《つかさ》いやたくみたくみゆく世ぞうれしかりける　　安藤　通故

工部省は年月をかけてたくみにたくみを重ねて発展してゆくだろうが、この時代が嬉しく思われる。

むかしよりまさしき筋の墨縄《すみなわ》のいと巧みなるこの司《つかさ》かも　　藤田　寛孝

昔より墨縄の技については筋が正しく極めて巧みなのがこの司の特徴である。

＊

司法省

文部省と同じく明治四年《1871》刑部省・弾正台を廃して設置された。

何事のよきもあしきもおしなべてよきとあしきを分くる司か　　平野　真守

何事の善きも悪しきもすべて一様に集めて一つ一つの善悪を区分する役所であろう。

＊

大審院

明治八年《1875》四月、元老院・大審院を置き、地方官会議を設け、漸次、立憲政体を立てるとの詔書が出る。同年五月、大審院・諸裁判所の職制章程が定められた。

罪とがをつばらになして落たるを拾はぬ御世となさむとすらん　　藤波　教忠

（大審院は）人の罪や科をつまびらかにして、落ちた物を拾わぬ良き世となそうとしている。

いくたびか定めかねつるうたへをばことわりせめて諦めぞする　　城　慶度

何度も定めかねた訴訟事の事理を、詰めて諦めるまで審理するのだろう。

裁判所

難波江《なにはえ》や暮れてあやなきよしあしを照らすは月の光なりけり　梅村　宣雄

難波江（大阪市付近の海面の呼称）も暮れると綾がなくなるように善悪を照らすのは月の光のような明るい裁判所の判決である。

＊

京都府

賑ひてみやこてふ名の動かぬをいはくら山のかひとこそ見れ　石川　正寛

（京都が）賑わって都という名を不動のものにした人は誰であろう。岩倉山（岩倉具視の異称）の甲斐だったことを忘れまい。

＊

大坂府（大阪府）

よしあしの勝りおとりは見えなくにひとり都の名にはもれたる　石川　正寛

東京・京都と比べて都市の優劣を付けることはできないのに独り都の名から洩れてしまった。

教導職

明治五年《1872》五月、教部省に教化政策を担当する役の教導職を設置。神宮、僧侶などが置かれた。

＊

なかなかに弓矢とるよりくるしきは言《こと》もてさとす職《つとめ》なりけり　猿渡　盛愛

武士が弓矢を取るよりもなかなか苦しいのは言葉でさとす教導職の勤めである。

＊

日本銀行

明治十五年《1882》六月、日本銀行条例が定められ、十月九日開業免許、同十日営業開始。

本末《もとすゑ》をうまくはからば日の本のこがねの花も咲まさるべし　橋本　信行

融資金の元と末をうまく計れば日本の資本も咲きまさることでしょう。

＊

貯蓄銀行

塵ひぢもつもれば山となるときく少しなりともここに積まばや　近藤　広徳

塵も泥も積もれば山となると聴くが、少しばかりでもこの銀行に預金を預け入れたいものだ。

塵つもり身のしろがねの山となる世のことわりぞ違《たが》はざりける　戸村　義暢

塵がつもるように自分の預金が山となった。世でいうことわりは間違っていなかった。

＊

紅葉館

歴史年表によると「紅葉館」は本格的な集会社交ホールで、明治十四年《1881》二月、東京芝で開館式が行なわれた。鹿鳴館の前に造られた。

みやびをの打ちつどひつつ酌《く》む酒に紅葉色そふ館《やかた》なりけり　藤波　教忠

風流人たちが寄り集まって酌む酒に紅葉が色を添える楽しい館である。

家の名のもみぢは焚くとなけれども酒あたためて我酔《われよひ》にけり　鈴木　重嶺

屋号の紅葉を焚くのではないが、紅葉館で酒を暖めて飲んだらすっかり酔うてしまった。漢詩の「紅葉を焚いて酒を暖む」を引用している。

荒笛にあらぬ妙なる笛の音は紅葉の宿にふくにやあらん　村山いさら

荒笛ではない妙なる笛の音がきこえるのはこの紅葉館で吹いているのだろう。

竹芝《たけしば》の海をさかなに見わたしてもみぢの色に我ゑひにけり　加藤　安彦

竹芝の海を肴に見渡して酒を酌むうちに酔いが回って顔がもみじ色に赤くなりすっかり酔ってしまった。

きてみればここは紅葉のそれのみかこがねを散らす所なりけり　星野　千之

紅葉館に来てみたら顔が紅葉色になるだけでなく、黄金を散財する所ということがわかった。

なぐはしき紅葉の館《たち》と竹芝のしばしばつどふみやびをの友　小林鳥見子

名高い紅葉の館に竹芝の芝のようにしばしば集うのは風流な友といえる。

打わたす花のさかりもえならぬを名におふ宿の秋やいかなる　江刺　恒久

見渡す花の盛りも一通りではないが、紅葉の名を負うこの宿の秋はいかばかり見事であろうか。

＊

精養軒

年表には明治五年《1872》、北村重威が東京築地に西洋料理店「精養軒」を開業し、同九年四月に上野公園にも開店とある。

西の国のうたげのさまを東《ひんがし》の雲の上野に見るもめづらし　長谷川安邦

西洋の国の宴のさまを東洋の上野で見られるのも珍しいことである。

＊

『横浜もののはじめ考』（横浜開港資料館）によれば、最初のビール醸造所は明治二年《1869》十月頃、横浜の山手四六番に建てられたジャパン醸造所だという。ただしここは長続きせず、翌三年、天沼にコープランドのスプリング・ヴァレー醸造所が出来たという。

麦酒《ビール》

わが世にも似たるは麦の酒なれやにがにがしくも酌まれぬるかな　　城　慶度

わが人生にも似たものはビールである。いつも苦々しく酌まれるのである。

＊

御歌会始

毎年一月中旬、宮中で天皇・皇后以下皇族の和歌と一般国民からの詠進歌を披露する新年行事。明治二年《1869》に始まり、同七年《1874》から一般の詠進歌が許され、選歌、披講は明治二年から始められた。ここに選ばれた歌の御題はわからないが、直近三年の題は次の通り。明治十四《1881》年は「竹有佳色」、明治十五《1882》年「河水久澄」、明治十六《1883》年「四海清」。

君をほぎ国をいはひて幾千代《いくちよ》のけふの言葉のかぎり知らずも　　大塚　真彦

君をことほぎ国を祝った永い歳月の今日の言葉は限界を知らない。

おほ君のみまへにいづと聞くからに一言《ひとこと》だにもうたはざらめや　西谷　富水

大君のみ前に出られると聞いたので一言たりとも歌わずには居られない。

九重《ここのへ》にけふ咲そむることのはの花や世に似ぬ色香なるらむ　上林　寿子

宮中に今日咲きそめる言葉の花は浮世では見られぬ妙なる色香があるのではなかろうか。

*

新聞停止

明治八年《1875》六月、反政府運動取締のため、讒謗律《ざんぼうりつ》・新聞紙条令が定められた。同十一《1878》年五月十五日の「朝野新聞」は大久保利通を殺害した犯人島田一郎らの斬奸状を掲げ、七日間の発行停止を命じられた。最初の日刊新聞の発行停止と言われる。

いくそたび摘まれても猶《なほ》つきせぬはことなし草の種にぞ有ける　三田　葆光

何十回摘まれてもなおその芽の尽きないのは事無草（植物のシノブ。ここでは新聞）の種である。

ゆく人をとどむる関もあらぬ世のなどて言葉の道ふさぐらん　橋本　信行

行く人を止める関所も無くなった世なのにどうして言葉の道を塞ぐのだろう。

*

外人和学者

異国《ことぐに》の人すらよむと聞くからに世々のみふみを学ばざらめや　西尾　正秋

異国の人すら読むというのだから、各時代の国学の書を学ばずにはおられない。

言霊《ことだま》のさきはふ国の古ごとをとつ国人も学ぶ御代かな　中里　安衛

言霊のふしぎな働きによって幸福をもたらすわが国の古ごとを異国の人も学ぶ時代である。

＊

海中電線

歴史年表によると明治四年《1871》八月、デンマークの大北電信会社が上海・長崎間の海底電線を完成し、民部省が対外電信を開始とある。また、明治五年九月、工部省が関門海峡に海底電線を布設している。

稲づまのひかるがごとく速やけくわたの底をもつたふ言の葉　村山いさら

（海中電線の布設によって）稲妻の光るように速やかに海底をも言葉が伝うようになったのは驚きである。

時のまにかよふを見ればわたつ海の波の底にも道はありけり　十二才　佐々木信綱

時のまに言葉が通じるのをみれば海波の底にも道はあるのだ。作者は十二歳の佐々木信綱。早熟の天才というべきか。

＊

徴兵

明治十五年《1882》一月、軍人勅諭が下賜され、同十六年の改正徴兵令では兵役年限を現役三年・予備四年・後備五年の計十二年に延長された。

うれしくもけふより君につかへけり靡く御旗のはたとせにして　　市川　貞行

靡く御旗の二十歳《はたち》となって兵役に着くことになった。君（天皇）に仕える身が嬉しい。

誰も皆みとせ満ちなばかへれるを帰らぬ旅と思ふおろかさ　　福田那可波

誰もみな三年の義務年限が満了すれば家に戻れるのに「帰らぬ旅」と思うのは愚かなことである。

わが国のますら武雄とあふがれんいさをしなどか人の欲りせぬ　　刑部　真琴

「ますら武雄」は益荒猛男とも書く。わが国の益荒猛男となって手柄を立てることなど人は欲していないという歌。庶民の気持を代表した歌。

＊

鉄道馬車

鉄の軌道の上を走る馬車。東京馬車鉄道会社が設立され、明治十五年《1882》年、新橋・日本橋間を乗客輸送したのが初め。各地で運行され便利に利用されたが、電車の発達につれ廃止された。

くろがねの道ある御代はやすらけし馬の車にゆくもかへるも　　黒川　真頼

鉄道馬車の利便性を歌う。利用者の気持ちを代弁している。

くろがねの路も埋るる白雪に知りたる駒もゆきなやみつつ　　三田　葆光

降雪はいつの時代も乗り物の障害となるが、路を知りつくしているはずの馬車の馬が行きなやむのを憐れんだ歌。

ひとつ打つ鐘のひびきにくろがねの路はしりゆく馬車《うまぐるま》かな　　跡見　重敬

鉄道馬車が発車時に鐘をひとつ打ち鳴らしたことがわかる。

＊

電気灯

明治十五年《1882》十一月一日、アメリカ人技師ポブトルのもたらした二千燭光のアーク灯を銀座の大倉組の店舗の前で点灯したのが、日本において一般市民が電灯点灯を見た最初である。翌十六年二月、原六郎・大倉喜八郎らが電灯会社を設立した。このアーク灯は各所に利用され、京阪その他の地方にまで普及した。他方、白熱灯はエジソンの発明であるが、当時の工科大学教授はこれについて研究し、自ら発電機を案出して明治十八年一月、東京銀行集会所の開業式に点灯した。

稲づまの光をうつすともし火は闇も月夜のここちこそすれ　桜井　敬長

電灯を「稲妻の光を移す」と言ったところが秀逸。

紙をもて花はつくれど月ならで月にまがふはいまだ見ざりき　林　信立

紙で花は作れるが、月ではないのに月にまがう電灯の光はいまだ曾て見たことがなかった。

いなづまの光あつめてともすなる都大路の夜としもなし　星野　輝恕

稲妻の光を集めてともしたような都大路は夜とは思われない明るさだ。

空高く欠けもくもりもせぬ月はえれきの起すほかげなりけり　佐々木古信

空高く欠けも曇りもしない月のような明るさはエレキの起こす火影なのだ。

＊

精錡水

最初の西洋式目薬。幕末・明治の日本は眼病を患う人が多かったという報告があるが、岸田吟香がアメリカの宣教師兼医師ヘボンから目薬の作り方を学び「精錡(奇)水」と名付けて売りだしたもの。用法は「毛のやわらかなる新しき筆か或は鳥の羽にて朝。ひる。晩と一日に三度づつ目の内にたらす」とあった。

早苗にはあらできし田の水薬青人草のめにぞききける　斎藤　久敬

早苗ではなく岸田製の水ぐすりは民草の目の病によく効くという。

明らけくふみをみるめの薬とて流し入れけり筆の雫に　佐藤　謙

書を明らかに見る目薬として精奇水を筆の雫にして目に流し入れている。

夜会

この頃の夜会と言えば西洋風の社交会合を指すが、まだ鹿鳴館も世には無く、この会の内容は自由に解釈するほかない。

人皆は手の舞ひ足の踏みどころ打ちわすれつつつどふ夜半かな　藤波　教忠

「手の舞ひ足の踏みどころ」から判断すれば、これは日本舞踊と思われる。作者の藤波教忠は高位の公家であるが、阿波踊りくらいは踊ったかもしれない。

ふく風のみだれもあらず女郎花《をみなへし》尾花《をばな》まじりの夜半のまどゐに　瀧村　鶴雄

「みだれもあらず女郎花尾花まじり」とあるから男女一対の西洋風ダンスのさまを歌ったようである。

＊

廃城

城は本来、軍事的拠点として築かれた防御施設であるが、近世の太平がつづく間にその軍事的用途が失われ、一時、藩政の行なわれる場所となったが、維新後の明治六年《1873》に廃城令が出されたことにより次第に壊され、今に残る城の数は決して多くない。だが、城および城址は次第に日本特有の歴史的建造物として諸人に愛される存在となった。

山にそびえ林に高くあらはれししろ城《き》の跡も雲ときえつつ　　藤波　教忠

丘にそびえ林の上に高く優美に姿を表していた城郭もその跡は雲の散るように消え去った。

くつわむし鳴く声きそふ草の原これやふる城《き》のかたみなるらん　　和田　耘甫

くつわ虫が鳴ききそうこの草原が古い城跡なのだろうか。武士の乗馬の轡に「くつわ虫」を懸けて詠んでいる。

こぼちつる大城《おほき》のあとの松かげにはばかりげなく雉子《きぎす》鳴くなり　　藤原　忠朝

こぼたれた巨城の跡の松蔭にはばかりもなく雉子が鳴いている。「雉子鳴く」の結句に作者の悲しみを代弁させている。

今はしも大城は畑となりにけり木の芽新桑生《にひくは》ひ茂りつつ　村上　雅良

今は大きな城跡だが、桑の木などの林になって木の芽や新桑の葉が生い茂っている。

いくとせを重ねし大城おほかたは礎《いしずゑ》だにものこらざりけり　前島　逸堂

幾星霜を重ねた古い大きな城も今はほとんど礎も残さない。

つはものの籠《こも》りし跡を仄《ほの》みせて芝生になびく旗薄かな　八木　雕

兵の籠もった跡をほのかに見せて芝生に靡くものは旗のような薄ばかりである。

武士《もののふ》の手馴《てな》れの駒のくつわむし大城の跡に今も鳴くなり　石川　信栄

城あとにはもののふの手馴れの駒の轡という名をもつ虫、が今なお鳴くばかりである。

＊

外国人詠歌

この題の元になった事実は不明である。外国人と言っても、三首目のように明らかに朝鮮の人と見られる人はいるが、中国や欧米の人まで含まれていたかどうかは分からない。「詠歌」も単なる吟詠なのか、三十一文字の「作歌」なのかも不明である。ただ、第一首目の詠者の藤波教忠は高名の公家なので、この人を中心に歌会のような会合が東京で催されたのであろう。

言さへぐ異国人もひらけゆく御世にはまなぶやまと言の葉　藤波　教忠
言葉の通じない異国の人も開化の世には大和ことばを学ぶようになった。

こと国の人もうたひて敷島のやまと言の葉さかえゆく世や　安藤　通故
異国の人も吟唱して敷島の大和言葉がさかえる世となった。

から国の虎ふす野にも咲き初めぬわがしきしまの大和なでしこ　湯川　清
韓国の虎の臥す野にも敷島の大和なでしこの花が咲きそめるようになった。「なでしこ」と「大和ことば」を掛けた表現である。

とつ国を広くふみみること人も尋ねていりぬことのはの道　長瀬　鏡子
異国である日本の国をひろく踏み（「文」に掛ける）みる外国人も日本の言葉の世界を尋ね入るようになった。

桜さく神の御国に来てすめば誰も歌をば詠までやはあるべき　近藤　幸殖
桜の花の咲く神国である日本に来て住めば誰しも和歌を詠まねばいられなくなるようだ。

＊

（廃城）　外国人詠歌

兵士帰旧里

「兵士、旧里《ふるさと》に帰る」。兵役を終えた元兵士が故郷に帰還した様子を歌う。

つかへてし三年もいつかふるさとに鎌とるけふの身こそ安けれ　酒井　忠経

兵役の三年もいつか過ぎて帰還兵が田畑で鎌を使っている。今日のこの身ほど安らかなものもないだろう。

たまさかに立ちかへりきて太刀《たち》の緒《を》の解けて語るも嬉しかりけり　猿渡　盛愛

思いがけなく元兵士が故郷に戻ってきて太刀の緒を解いたように語るのを聴くのは嬉しいことだ。

国の為いのちを的《まと》にかけし身のながらへてけふ帰るふるさと　西谷　富水

国のため命を敵の前にさらした身だが、ながらえることができて今日ふるさとに戻って来たところだ。

＊

美人会

今日のような美人コンテストは当然無かったから、これは都おどりの芸妓の顔見せ興業などを見て作られた嘱目詠ではなかろうか。明治前期の美人の品定めの規準がわかる。

いづれにもあはれこもりてよしあしを選《え》り分けがたき女郎花《をみなへし》かな　太田原良当

どの妓も顔にあわれがこもって、よしあしを選びがたい風情である。

めざましき桜山吹ふかみくさ着よそふさまもとりどりにして　土方　奥文

とりどりに目の醒めるような桜や山吹、牡丹のさまに着飾って選びにくい。

＊

洋楽

例歌に「言の葉」や「笛つづみ」とあるのは独唱会やブラスバンドを聞いた印象であろうか。「君が代」を最初に作曲したイギリス軍楽隊長フェントンは慶応四年《1868》に横浜に来着し、山手の駐屯地で一般人と交流し、明治二年《1869》、日本人へ吹奏楽を教えている。

言の葉はききわかねども物の音《ね》は心の奥にひびきけるかな　橋本　信行

外国語の歌詞はわからないが、歌声や楽器の音は心の奥まで響いた。

琴ふえの音《ね》もことなれや異国《ことくに》のしらべは波の音にひびきて　城　慶度

琴や笛の音も和楽器とは異なるので、調べは大小の波音のように聞こえた。

とつ国の笛つづみまで君が代は千世にやちよに鳴りひびくなり　林　信立

国歌「君が代」を演奏する異国の笛つづみはめでたくも千世にやちよにと鳴りひびくのである。

民権　人民の権利。人民が政治に参与する権利。

天津神《あまつかみ》さづけたまひしおのが身のそのほどほどのあるを知れ人　藤波　教忠

世は自由民権というが、自由は天の神様が授けて下さった自分の身のそのほどほどにあることを知りなさい、人よ。

＊

およびなき高嶺《たかね》の花にともすれば匂ひあらそふ野べの民草《たみくさ》　上林　寿子

自分では身分の及ばない高嶺の花のような人に対し、ともすれば匂いの優劣を争うようにあらそう野の民草よ。

＊

新約全書　新約聖書に同じ。日本国内での和訳聖書の出版は、明治四年《1871》のゴーブルの『摩太福音書』が最初。新約の全訳では明治十二年《1879》にN・ブラウンが、翌十三年《1880》にS・R・ブラウン、ヘボンらが訳出したものが初めという。

君親にまさる君親ありといふふみの教へぞあやしかりける　鈴木　尹重

君や親にまさる君や親があるという聖書の教えはあやしいと思われる。

わが知らぬ道にはあれど至りたり見れば見らくのおもしろの書《ふみ》　猿渡　容盛

私の知らない道であるが、文章は至れり尽くせりで見るだけでもおもしろい書物である。作者は武蔵府中の六所宮の神官。

＊

夜に出帆する汽船の発する汽笛の長いひびき、これも当時は新しい音であり心を捉えるひびきであった。

夜汽笛

雪闇《ゆきぐれ》の車はそれと見えねども笛の音《ね》さゆる竹芝の浦　酒井　忠経

雪闇の中なので船の動輪は見えないが、竹芝の浦に汽笛の音だけが冴えてきこえるとの歌意。京浜間を往復する蒸気船には「弘明丸」のように両舷側に推進のための車輪がついたものがあった。

夜をこめて瀬戸の大舟いでぬらむ枕にひびく笛の一ふし　村上　雅良

作者は伊勢の住人なので、場所は関西か。夜陰に乗じて出帆する船の汽笛は何処に居ても聞こえ、或る種の感慨を催おさせたものと思われる。

岸ちかく笛の音すなり武庫《むこ》の浦あしたを待たず舟出《ふなで》すらしも　橋本　信行

作者は南葛飾の人なので関西の旅の歌か。「あしたを待たず舟出」は前作と同じ状況下の歌。

＊

ドナルド・キーンの著作『明治天皇』(角地幸夫訳)の中に次の記述がある。――明治五年三月、東京に着任した英国代理公使ワトソンは、信任状を渡すため天皇への謁見を申し出た。これまでの朝廷の慣習では、天皇は玉座に坐ったまま外国人の謁見を受けた。この伝統的な謁見の作法が改められることを求めてワトソンは、次のように言った。天皇は西洋一般の礼式に従い、相互の尊敬のしるしとして立礼によって外交官を引見すべきである、と。当時外務卿の地位にあった副島(種臣)はワトソンの要求を一蹴して「外国の使節たる者はその国に入ってはその国の礼に従ふ」べし、と。――この時の謁見は成就されなかったが、その後間もなく来日したロシア代理公使から天皇は立礼で公使を迎えた。

立礼

ひざ折りてなせし礼《ゐや》をも今はただ敬《うやま》ふにだに立ちながらして　溝口　信友

少し前までは膝を折って跪礼《きれい》をしたものだが、今はただ敬意を表するにしても立礼をするようになった。

下にゐし昔思へばあなかしこわが大君を立ちてをろがむ　瀧村　鶴雄

下座に坐って拝礼していたものを今はおそれ多くも天皇にさえも立って拝するようになった。

犬じもの折りにし膝もたちまちに世の中広くなりにけるかな　斎藤　久敬

犬のように今まで膝を折って拝していたものを（立礼は）たちまち世の中に広まってしまった。

＊

汽船旅行

歌題は明治も汽船で旅行する時代が始まったことを告げる。この『開化集』第三編のエピローグにも平井元満の大作「蒸気船旅行歌」（長・短歌）が掲載されている。

めぐりゆくもろ輪の音もききなれつ浪の浮寝《うきね》はかしこかれども　酒井　忠経

船の舷側の両側で回転する車輪の音も聞きなれてきた。波の上での眠りは恐れ多いことだが。

楫枕《かぢまくら》かりそめに見る夢のまに千里の旅と身はなりにけり　藤村　叡運

船に泊まって夢を視ているうちにいつしか千里の旅をしてしまった。

明けゆけばいつかと思ひし湊入《みなといり》ひと夜のほどや陸の十日路　星野　千之

船旅は速いもので夜が明けるといつしか湊に入っていた。一夜の旅程は陸行十日に匹敵する。

汐路《しほぢ》ゆく車の音の高波に浮寝の夢もむすびかねつつ　　中里　安衛

海路をゆく船の車輪の音にさえぎられ、波の上の眠りを結びかねた。

＊

外国有友人

外国に友人あり。開化が進んで外国の人との交流が生まれ、その友情が生まれた。

春の花秋の月見るをりをりもこと国に住む友をしぞ思ふ　　上林　寿子

春の花秋の月を見るにつけても異国に住む友が偲ばれることである。

天雲《あまぐも》のむかふす国のあなたにもこころ隔《へだ》てぬ友はありけり　　平瀬　栄索

空に浮かぶ雲の向こうの遠く伏す国にもこころ親しい友があるのだ。

かくばかり遠しと思ひし国にまで猶《なほ》へだてなき友もありけり　　桜井久良子

このように遠い国にまでもこころの隔たりのない友がいるものだ。

＊

医師開業

くすしらが奇《くす》しきわざを学びえし身のいたづきも顕れにけり　藤村　叡運

医師たちが奇しき技術を学んだ末にその骨折りが報われて開業となったのだ。

許し文《ふみ》うけて開きし心ならば竹の奥にはあらじとぞおもふ　林　信立

西洋医学の許可証を受けて開業したのだから藪医者のように竹の奥に住むことはあるまい。

＊

日本婦人着洋服

日本婦人、洋服を着る。和服から洋服姿にやつして道を通る若い娘たちを見る男の視線はまだなかなか渋い。

これ見よとこと国ざまの衣《ころも》きて我《われ》は貌《かほ》にもゆくをとめはも　城　慶度

これ見よとばかり外国風の服を着て自慢顔に道をゆく娘たちよ。

うつせみのから衣着て腰ほそのすがるをとめといはるるや誰　瀧村　鶴雄

異国の服を着けて歩く娘たちよ。細腰のすがる乙女と言われる子は誰だろう。

（汽船旅行）　外国有友人　医師開業　日本婦人着洋服

身に馴れぬ細き裳《も》裾《すそ》をたな引けて時めくさまに歩《あゆ》みけるかな　根岸　正敷

娘子が身に合わぬ細いスカートの裾を靡かせて時めくように歩むことよ。

＊

落花生《らっかせい》

咲きながら豆ともならず散る花の根にかへりてや実を結ぶらん　久保　侗

花を咲かせながら豆にはならず花が散ってから根に実をむすぶ不思議な豆よ。

＊

尾長猿

寺社の境内や盛り場で、臨時に小屋掛けして芸能および珍奇なものを見せて入場料をとる興業物を見世物というが、浅草公園六区や、靖国神社境内などがその場所として名高かった。歴史年表には慶応の初め、伊勢古市で住民某が横浜で買ったという象の興業をおこなったことが出ているが、この歌題の尾長猿や七面鳥も珍獣として見せ物となったのだろう。

足ひきの山鳥ならで尾長とは思ひよらざる名にこそありけれ　奥留ふき子

尾長といえば日本では鳥のことなのだ。猿とは思いもよらぬ名である。

我が国にわたらざるまは思ひきや長き尾もあるけものなりとは　石川　正寛

わが国に渡ってこないあいだは思ってもみなかったが、長い尾もあるけものを知った。

毛衣《けごろも》のたらぬ中にも長き尾にことたり顔の猿はこのさる　太田原良当

毛は深くもないのに尾だけは長く事足り顔の猿とはこの猿なのか。

＊

七面鳥

北米原産で同大陸発見後、家禽として広まった。頭部に肉瘤があり頸部の肉垂れが発達し、これらが鮮紅から白色に変化するのでその名がある。食用。

ななおもて変れる鳥は人の世のたのみ難きを思ひ知れとや　奥留ふき子

頭部の色が七変化する鳥が居るのは、これを見て人の世の恃みがたさを思い知れというのか。

眼のまへに変りゆく世のはかなさを面輪の色に見する鳥かな　藤原　忠朝

目の前で変りゆく世のはかなさを七面鳥は顔の変化で見せてくれるのだ。

人心うつりやすさを鳥もいつならひてうた面かへぬらん　猿渡　盛愛

人の心の移りやすさをいつしかこの鳥は真似て顔のいろを変えるのだろう。

（日本婦人着洋服）　落花生　尾長猿　七面鳥

思ふことよきもあしきもうちつけに色に出だせる鳥もありけり　武田　信賢

思うこと善きも悪しきもむきだしに色を変えてみせるこのような鳥もある。

＊

白金

かくばかり胸を焦がせど遂げがたき人の心よぷらちなのかね　佐々木古信

このように胸を焦がしているのに通じない人の心はまさに金属のプラチナのようだ。

＊

懲役人工事

懲役人が公共の工事にしたがうのは古くからのしきたりであった。ここでは大工の仕事に懸けて正しく生きよと呼び掛けている。

墨縄《すみなは》のただしきわざを業《なり》として心を赤き色にかへてよ　三河　清観

大工が手にもつ墨縄の正しさを生業にしてまごころを養いなさい。

＊

外套

朝風に吹きまく雪はつもれども額《ぬか》拭《ふ》く袂《たもと》もなかりけるかな　大島　行実

朝風に吹きまく雪が額にかかるが（筒袖の）外套にはそれを拭きとる袖がないのが辛い。

衛生法

＊

村肝《むらきも》の心をこらすふみの中に命をのぶる道も見えけり　渡　忠秋

医師が心を凝らして書いた処方のなかにそれぞれ延命の策が読みとれる。「村肝の」は心にかかる枕詞。

＊

おほしたつる君が恵のつゆしげみますますしげる御代の民くさ　福島　弥継

育てようとする君の恵みが厚いので御代の民草はますます茂ってゆくのだ。

伝染病予防

＊

身を清めあざらけきもの少し食へばくすしも何もいらぬなるなり　近藤　広徳

身を清潔にし新鮮なたべものを少量食べておれば医師も薬もいらないのだ。

石炭酸

＊

撒けよまけよ撒けよといひて世に猛き病ひに克つはこれの薬か　星野　千之

（予防のため）撒けよまけよと言って怖い病を予防する石炭酸がこれである。

（七面鳥）　白金　懲役人工事　外套　衛生法　伝染病予防　石炭酸

皇城新築

千代田なる城《き》のへの垣につくりますす大宮所うごかざらまし　相沢　求

千代田という地名のうえに城の石垣を造っておられる大宮所は、これで不動のものとなるだろう。

＊

あたらしき桜たち花雲の上に万代かけて咲き匂ふらむ　渡　忠純

新しい桜や橘が雲のように咲く上に造られた新しい皇城は万代にかけて咲き匂うだろう。

＊

力あらば宮木《みやき》曳かばやすめらぎの大殿《おほとの》つくりあるとしきかば　宮崎　幸麿

皇城新築のためなら体力さえあれば宮木を曳く仕事の加勢をしようものを。

＊

議官

明治初期に置かれた元老院（法律制定機関）などの構成員の官名。

国の為民のためにとまつりごと疵《きず》なかれとて諮《はか》るつかさぞ　藤波　教忠

議官とは国のため民のため、まつりごとに欠点ないように諮るつかさなのだ。

星のごと賢き人のつらなりて国もをさまるまつりごとかな　　松村　由長

綺羅星のように賢い人たちがつらなって諮るから国の政治が治まるのだ。

選ばれて皇国《みくに》の為にはかる身は心のかぎり尽さざらめや　　大塚　尹重

選民としてみ国のために諮る身ゆえ心のかぎり尽くすのである。

＊

兎狩行幸

兎狩りまで行幸と言っているのがおもしろい。

日の御子のいでまし待《まち》て月にすむうさぎもはしるけふのみ狩場　　酒井　忠経

天皇のいでましを待って今日は月に棲む兎もみ狩場を走ることだろう。

＊

養育院

年表によると明治五年(1872)、東京府は車善七に命じ、物乞い二四〇人を旧加賀藩邸の空長屋に収容し、のち浅草溜に移すとある。これが東京市養育院の初めという。

＊

富たるは貧しき人を救はなんなさけは人の為ならずこそ　　星野　輝恕

富める人は貧しき人を救うことだ。なさけは人の為ならずと言うのだから。

小学生徒

わらはべが遊びを書《ふみ》に踏みかへて学びの道をゆく世なりけり　太田原良当

（開化とは）童が遊びを書《ふみ》に踏みかえて学問をはげむ時代なのだ。

＊

竹馬の遊びわすれて総角《あげまき》も書《ふみ》に心を乗する御世《みよ》かな　猿渡　盛愛

竹馬の遊びをわすれてあげまき髪の子も書物に心を寄せる時代になった。

＊

女生徒

さまざまに生ひ先見ゆる女郎花《おみなへし》いづれの色のまさるなるらん　佐々木弘綱

さまざまにその将来が見える女生徒たちよ。どの子の器量が立ちまさっているだろう。

＊

瓦斯灯《ガス》

家ごとに御世の光をあふげとや巷につづく千々のともし火　相原　正近

家ごとに瓦斯灯の明るい光を仰げというのだろうか。巷には幾千の灯が点りつづいている。

夜もすがら都大路を昼のごと油もささで照らすともし火　　久保　侗

夜を通して都大路を油も注すことなく真昼のように明るい瓦斯灯が点るようになった。

大御代の光もそひて都路をかがやかすてふともし火ぞこれ　　福島　弥継

明治の大御代の威光も添うて都大路をかがやかすともし火がこれである。

＊

種痘

いかならん種《たね》と痘瘡《もがさ》を人問はば恵みの露とさしてこたへん　　石川　正寛

種痘の種はどのようなものかと人に訊かれたら恵みの露だよと注して答えるだろう。

この歌が生まれるほど種痘は効力があったのであろう。

＊

戎服《じゅうふく》

「戎」はえびす。西方の異人の意味。洋服と同義。

筒袖に身はおほふとも日の本の袂《たもと》ゆたけきふりな忘れそ　　小林鳥見子

洋服の筒袖に身を蔽っていても日本の袂ゆたかな振袖を忘れないように。

＊

小学生徒　女生徒　瓦斯灯　種痘　戎服

博覧会

家々の千々のたからも世に出でて愛《め》ではやさるる君が御世かな　佐々木信綱

家々に所蔵するさまざまな家宝もここに出品されて話題となる世の中である。

＊

玻璃窓

日をささへ風をへだててくらからぬ窓は夏冬《なつふゆ》うれしかりけり　佐々木弘綱

日をささえ風をへだてて明るい玻璃窓は夏も冬もうれしいものである。

ガラス窓のこと。明治政府は工部省品川工作分局に板ガラスを試作させ、明治十年代には私営工場もでき、製品も市販された。だが、当時の需要を満たすことができず、多く輸入品に頼った。国内での自給が可能になったのは大正時代のことである。

＊

海外旅

あふりかのさはらの原のたび枕《まくら》いさごのうへも露けかるらん　安藤　通故

アフリカのサハラ砂漠を旅する人はいさごの上に置く露を知るだろう。

＊

万国交際

えみしらと昔いひてし言の葉にひらけゆく世の花ぞ咲きける　八木下美信

えみしらと昔は言ったものだが、万国交際によって国は開け世に花が咲いたのだ。

唐桃《からもも》の花もさくらに枝かはし匂ひくらぶる世となりにけり　猿渡　盛愛

唐桃（外国）の花も桜（日本）と枝を交わしてその匂い（文化）をくらべる時代となった。

＊

護謨《ゴム》

引きみれば驚くばかり伸びつれど放てばもとにちぢむ一筋　市川　貞行

引っ張ってみると驚くほど伸びたのだが放つと元に縮むふしぎな一筋である。

＊

午砲

午の貝ふく山寺もいまはなし真昼をつぐる筒のひびきに　猿渡　盛愛

今はもう午報にほら貝を吹く山寺もなくなった。真昼をつげるものは砲に変わったのだ。

＊

天保通宝《てんぽうつうほう》

天保銭と同じ。天保六年（1835）以降に鋳造された楕円形の銅銭。一枚を百文（実際は八十文）に通用した。明治以降は八厘となりその後しばらく使われて廃止された。

百足《もも》らず八十《やそ》といはれて今は世に古ざれながら年ぞ経にける　　平瀬　栄索

百文に足らない八十文といわれた天保通宝も今は古ざれて年を経ている。この歌は時世に乗り遅れた不甲斐ない自分を譬えた自嘲の歌であろう。

＊

顕微鏡

江戸時代は凸レンズを円筒に仕掛けた簡単な顕微鏡を虫眼鏡と言ったようである。

虫めがねかけて思へば人の目はさやかに物は見えずぞ有ける　　佐々木信網

顕微鏡で極微のものを見て思うのだが、人間の目は細かいものをさやかには見えないように出来ているらしい。

＊

静岡県

動《ゆるぎ》なき御代のためしの富士が根を我がものと見る里ぞ静けき　　中島　清民

ゆるぎない確かな御代の模範ともいうべき富士山をわがものとして見られる静岡県は名の通り静かなところである。

廃関

＊明治二年《1869》三月二日、新政府が諸道の関門廃止を布告。

荒磯の関《せき》の戸《と》波にくだけけり戸《と》ささぬ君が御世のためしと　稲野　昌里

「荒磯の関」は存在しないが、これによく似た名で、現在の静岡県湖西市新居町に「新居の関」があった。関所の戸が波に打たれて砕けてしまった。関所を廃止した天皇の治世のしるしとして。

旅人の心やすくもこゆるかなゆたかなる世のあふさかの山　田中　光敬

ゆたかな世になってあの厳しい逢坂関もなくなり、今は旅人が皆心やすく関所を通るようになった。

＊

文明開化

山がつも海人《あま》もきそひてあさるかな硯《すずり》の海に筆の林に　進藤　新

文明開化になって、樵夫や漁師のような人までも競って学びの道（筆の林、硯の海）に励むようになった。

横文《よこふみ》

横はしる葦まの蟹やほこるらん似たる文字さへ学ぶ世なれば　　長瀬　鏡子

横ばしる葦の間の蟹が威張るかもしれない。蟹のような横文字をさかんに学ぶ世になったのだから。

＊

耶蘇教

もろ人に代りて果てしくれなゐの血潮の今も汲まんとやする　　藤田　寛孝

もろ人の身代わりになって死んだイエスの尊い血潮を人はいまだに汲もうとしているの意。

＊

陰陽暦

天津日《あまつひ》の匂ふ中にも今しばし有明の月の影そのこれる　　田中　光敬

暦は太陽暦に変わったが、太陰暦はありあけの月のように僅かに残っている。

＊

煙草税

いたづらにくゆる煙の草葉にも洩れぬは露のおきてなりけれ　　斎藤　久敬

むだに燻らす煙草の葉にも洩れなく露の掟（税の比喩）がかかってくる。

＊

帽子

人かぶりおのれ冠《かむ》りてよしと云ふ心はやがて猿のものまね　　藤田　寛孝

人が被り自分がかぶって良いという心はすなわち猿の物真似にすぎない。

＊

那勃翁《ナポレオン》一世

フランスの皇帝一世。コルシカ島で生まれる。砲兵士官としてフランス革命に参加し活躍。イタリア遠征では戦功をあげ名声を得る。一七九九年、統領政府を樹立、第一統領となる。ナポレオン法典の編纂・産業保護など近代化。一八〇四年皇帝に即位、列国と交戦を重ね、イギリスを除く全ヨーロッパをほぼ制圧。モスクワ遠征に失敗し退位。エルバ島に流される。その後復位するが、ワーテルローの戦いに敗れ、セントヘレナ島に幽閉されて没。（一七六九～一八二一）

ひと度は虎ふす野辺の草も木もなびけし龍の果てぞかなしき　　平瀬　栄索

ひとたびは虎伏す野辺のすべての草木を靡かせた龍であったが、その果てはあまりにも悲惨であった。

撃てば勝ち攻むれば取りしますらをも雪原ばかりは術なかりけむ　久保　侗

撃てば勝ち攻めれば奪うという英雄だったがロシアでの雪原の戦だけは不覚をとった。

西の海にかがやかす名も時のまにくだつ日かげや島の夕露　大久保忠保

西洋にあって勇名を輝かせた英雄もときのまに威光が衰え、セントヘレナ島の流人となって夕の露（涙）に濡れる身となった。

＊

蒸気船旅行を詠める歌並びに反歌（詠蒸気船旅行歌並短歌）　平井　元満

草まくら　旅としいへば
くれ竹の　ひと夜のほども
島つどり　憂しとぞきけれ
かぎりなき　蒼海原を
久方の　天津鳥船
とぶがごと　千里を走り

草を枕の旅といえば
くれ竹のように永い一夜であっても
鵜の鳥のように憂欝だと聞いている。
かぎりない青海原を
空をゆく鳥船の
飛ぶがごとく千里を走って

風の如　大濤おこし
雲の如　けぶりなびかし
雲はなれ　外《と》つ国々の
白浪の　知らぬ湊に
鴨じもの　浮寝をしつつ
おもほへず　日数経にけり
あしたには　磯山おろし
こゑ高く　身にしみ渡り
ゆふべには　岩うつ波の
音たかく　枕にひびき
打ち解けて　いのねられねば
浦安の　大和島根の
打ち日さす　都をしのび
袖を濡らしつ

風のように大波をおこし
雲のように煙をなびかせ
雲がはなれて　異国の国々の
白波の知らぬ港に
鴨のように浮き寝をしていると
思いもかけず日数が経ってしまった。
朝には磯山おろしの風が吹き
その音は高く身に沁みとおり
ゆうべには岸の岩を打つ波が
音たかく枕にひびき
打ち解けて眠りもかなわねば
浦安の大和島根の
都がしのばれ
涙で袖をぬらしてしまった。

かへしうた（反歌）

ふるさとの夢さへ音にくだかれて逢ふことなみの言の葉の玉

懐郷の歌。ふるさとの夢は波音にくだかれてしかも逢う人もいない。旅愁を晴らすために歌を詠じて時を過ごした。「言の葉の玉」は言葉を玉に磨くとの意味で歌を詠んだと解した。

＊

写真店を作れる歌並びに反歌（写真店作歌並短歌）

林　信立

うち日さす　都の市は
家ごとに　ひさげるものを
筆ふとく　書きてかかぐる
そが中に　名にきこえくる
遊び女や　わざをぎをさへ
写ししを　まねくかかげて
軒高く　立てしを箱に
写すてふ　文字も見えけり
真てふ　文字も有りけり
これやこの　姿のままを
真十鏡《まそかがみ》　写すところと
はひりより　入りてしみれば

照る日が差しとおる都の街は
家ごとに商う品を
筆太に書いて掲げている。
その中には噂の高い
遊び女や役者をさえ
映したものを数多かかげて
軒高く立てたものを箱に
写すという文字も見え
真という文字もあるのだ。
これは姿そのまま
真に写すところと思い
門をくぐり入ってみれば

写真店を作れる歌並びに反歌

年ふりし　をぢとおうなが
友白髪　写すもあれば
若艸の　妻が手とりて
もろともに　うつすもありて
おのもおのも　まなこ見さだめ
口さへも　むすびてをれり
わが写す　をりふしなれば
しかすがに　襟つくろふも
やさしさに　思ひかへせば
我とわが　見ることかたき
うしろかげ　見らるるならば
中々に　をかしからんと
むら肝の　心のうちに
水のあわの　浮かぶがまにま
写しとる　器にそむけ
せりやりて　写し得にけり
うしろすがたを

歳をとった小父と媼が
友白髪の姿を写すものもあれば
若妻の手を取って
一緒に写したものもあって
めいめいが眼を見ひらき
口までもひき結んでいるのだ。
私を写すその番になったので
さすがに襟をとりつくろったが
恥ずかしいので思いかえすと
自分自身が見ることのできない
後姿が見られるならば
なかなかおもしろかろうと
心のなかに
水の泡が浮かぶままに
写真器に背を向けて
距離を狭めて写し取ってもらった。
この私の後すがたを――。

わが目にてわがうしろより見てをらば我があやまちも見えやしつらん

自分の眼で自分の後すがたが見られるならば自分の犯した過ちも見えてくるのではないか。そう思って後すがたを写したことであった。

反　歌

＊　＊　＊

この集の最後の歌である林信立の「写真店」は、なかなか意味深重な歌で、この集の歌い納めにふさわしい歌と思われる。何故かと言えば人間の幸不幸はその後ろ姿に現れるものなので、それを開化の寵児というべき写真機で記録するのは皮肉で悲しい。歌で信立は「我とわが見ることかたき　うしろかげ」と前提し、「見られるならば　中々にをかし」とコミカル風に受け、反歌で「我があやまちも見えやしつらん」と結ぶ。ここにはこの時代を生きた人たちの自己照射、自己反省の姿があり、単純に読みすごせないのである。たとえば、旧士族の人たちは維新後に扶持を失い自活の道を探らねばならなかった。だが、自ら希望する仕事や職業にどれだけの人たちが有り付いたであろうか。「あやまち」を繰り返した人も多かったはずである。例えば、山頭火の「後ろ姿のしぐれてゆくか」ではないが、後ろ姿の「しぐれ」は涙雨であり、悲劇の象徴であろう。作者の林信立はこの長・反歌一式を詠んで個人の嘆きを超えて時代の苦しみを表現し得たのではなかろうか。

さて、この三編では歌題七十四題、短歌一四六首を鑑賞したが、これで『開化新題歌集』の鑑賞を終わることになる。全三編で纏めて見ると歌題は全体の三十七パーセントに目を通し、短歌は全体の二十九パーセントに目を通したに過ぎない。少ないと言えば少ないが、その精髄を選んで言及したつもりなので、『開化新題歌集』の大要をお解り頂けたことと信じる。

収録歌人の人と歌をめぐって

出詠者の国別分布状況

一編の序文で星野千之が「今の雅びは汽船・軽気球のたぐひも言葉に咲く花」と唱えて広く開化の歌の募集を計っているが、地方の旧派の歌詠みたちがこの言葉にどのように反応し協力しているか調べるのも重要であろう。地方は東都と異なり「汽船・軽気球」を見ることも稀であったろうし、歌と言えば花鳥諷詠であり、この伝統に敢えて逆らってまで開化の文物を詠むということはすこぶる困難で、歌の募集に応ずるには抵抗や逡巡もあったことと思われる。幸いに『開化新題歌集』の巻末には「作者姓名」欄（住所録）という欄があって投稿者の氏名がいろは順に列挙され、各人の居住地から官位、僧侶、神官などの職業が記され、公家、元士族、民間歌人の身分の差もわかるようになっている。直近の物故者には氏名の上に丸印が付けられ、死亡の

表1　出詠者の国別分布（単位：人）

国・地方		一編	二編	三編
東京府		67	94	69
畿内	西京		3	
	大和			3
東海道	伊勢			10
	尾張		1	
	三河		2	3
	駿河		3	4
	相模	3	1	1
	武蔵		1	15
	下総	1		1
	常陸		2	1

別もわかっている。だが、年齢や生年は記載されてない。また、星野は「我友大久保忠保ぬし、今の世にまのあたり見るものき(聞)くものを題にして人々にこ(乞)ひ」と言っているので、編者の忠保は全国的視野で歌人の名簿を作成し、その中から適宜歌人の選択を行い歌題を示して個々に歌の発注を行なったことになろう。とても一人仕事では行くまい。各人へ依頼した総数がわからないので、回収率は不明であるが、前記の住所録を検討すれば、地方別に協力的、非協力的な国の別がかなり正確にわかるはずである。

そこで、表1のように国別、編別に出詠参加者の数を調査してみた。断っておくが、廃藩置県は明治四年に実施されているものの、この集はすべて住所は旧国名で書かれているので、そのまま集計してある。

まず、この表で一編の数字を見ると、参加の国数はわずか七ヶ国である。他の二編の十七~八国に比べると極めて少数である。参加人数を見ると東京六十七人と佐渡五十八人と二者がダント

東山道	信濃		7	
	上野		2	
	下野			1
	陸奥		18	1
	羽前		3	
	羽後	1	3	1
北陸道	越前		1	
	越中	2		
	越後	4		3
	佐渡	58	3	8
山陰	出雲		1	
山陽	美作			10
	備前			1
南海	紀伊			1
西海	肥前		1	
	日向			1
	合計	136	146	134
	(国数)	7	17	18)

ツで多いのがわかる。これは難易度によって、試験的に東京・佐渡に絞って実施したからであろう。東京・佐渡以外は尾鰭に過ぎない。考えられることは、企画側では一編の仕事の結果を見て段階的に後続の調査を考えていたのではないかと思われる。幸いにこの一編の結果は成功で、内容も充実していたので、続けて二、三編の後続実施が決定されたものと見られる。東京と佐渡の組合せは、一見、奇矯に見えるが、そうではなく、東京は首都であり、文明開化のお膝元なので歌題の数も多く、歌人の数にも不足がなく歌が集めやすい長所がある。それに比べると、佐渡は一見、開化から外れた僻遠の場所と思われるかも知れないが、そうでもない。佐渡は旧幕府の直轄地であり、企画グループに元佐渡奉行で歌人の鈴木重嶺のような人が編集協力をしているので、重嶺の顔と実力でもってコミュニケイトすれば歌の収集は比較的に抵抗が少なかったのではないかと考えられる。佐渡は地図の上では日本海の離島だが、文化的には永い歴史の厚みがあり、当然ながら歌詠みの数も多いところである。英国の外交官アーネスト・サトウの手記によれば、幕末にイギリスの軍艦が水深の深い港を求めて佐渡に寄港し、サトウ等は上陸して水深などの調査をしている。島民はイギリスの軍艦も英国人も既知のことで、時代の動きにも敏感と言えるのだ。佐渡生まれの文芸評論家、青野季吉は佐渡の文化についてこう述べている。三地区に分け、鉱山町相川を中心とした武家文化と、国中に残る国司や流人を中心とした貴族文化および前浜地方の廻船活動による町人文化の三つに分けられると。星野千之が歌序で述べた「みやび」と「さとび」との論争は、たぶん東京と佐渡との見解の対立を述べたものではないかと考えられる。結局、二者は融和して協力し合い一編の誕生を見たのであろう。

つぎに二編について。参加は十七ヶ国。一編よりもプラス十ヶ国と一挙に国数が増加している。歌人の増強にも目を見張るところがある。だが、国名を細かく見て行くと薩摩や四国のような所が抜け落ちているのがわかる。これは先の西南戦争と無関係ではなかろう。さらに細かく見ていくと西南戦争以前に起こった神風連の乱（明治九年）の肥後や佐賀の乱（明治七年）の佐賀が抜けている（表中、佐賀が一人いるようになっているが、これは長崎の人）。また、萩の乱（明治九年）の長州等も省かれている。東北の雄藩である仙台・米沢・会津等の名前が抜け落ちているのは、戊辰戦争と関係があるのであろうか。すでに十年の時日を経過しているが。

三編について。十八ヶ国が選ばれている。三編のなかでは国数が一番多い。信仰地の伊勢が入り、武蔵、美作（明治二年に一揆が発生）が新たに加わり、一、二編に無かった所がかなり補充補完されている。

出詠者の国別分布状況

ところで、ここで各巻別の歌題数を挙げると、次の通りである。

一編　一六六題
二編　一七七題
三編　二二三題

三編が一番多く、他の二編より数十題も増加している。一編の電信機・照影（写真）・汽船などの題から次第に自転車や電気灯などの題に一般の人の関心が移ってきているのがわかる。開化の進展によって題材が殖え、歌題も増えたのであろう。その意味では短歌は世情を映す便利な鏡でもあったが、三編だけを見ると、やや雑然として纏まりが悪くなっているようにも思われる。

　さて、数表化して細部を見てくると、この大歌集の編纂は規模・範囲・事務量から見ても大久保忠保個人の手に余る仕事のように思われる。歌人一人の出詠歌数も百人一首の一人一首ではなく実力者では一人数十首詠む人もあって、バラツキがあり、選歌やチェック等の管理業務も

表2　官位歌人の参加状況　（数字は出詠歌数）

位	一編	二編	三編	全三編出詠者と歌数合計
従一位		近衛忠熙　3		
正二位	松平慶永　3	松平慶永　4	松平慶永　3	松平慶永　10
	三条西季知　3	三条西季知　2		
		久我建通　3		
		嵯峨実愛　1		
従二位		藤波教忠　6	藤波教忠　8	
正三位	藤井行道　5	藤井行道　2		
		交野時万　1		
正四位		長谷信成　2		
従四位	風早光紀　3	風早光紀　2		
		稲葉正邦　3		
		藤堂高潔　1		
		千家尊福　5		
正五位		林信立　12	林信立　8	林信立　41
従五位	林信立　21			
	鈴木重嶺　15	鈴木重嶺　5	鈴木重嶺　3	鈴木重嶺　23
	脇坂安斐　1	脇坂安斐　2		

きわめて複雑多岐化してくるであろう。或る本には『開化新題歌集』は「御歌所《おうたどころ》派の歌人が、開化の文物・制度・風習を対象に作歌」と書くものもあり、忠保の背後には御歌所のような強力なバックが後押ししていたことも考えなければなるまい。以降はその点も考察に入れながら述べていきたい。

官位のある出詠歌人

明治の位階制には正・従一位から八位まで十六階の官位があったが、『開化新題歌集』の参加者には従一位

（従五位）	増山正同 4 松平親貴 1 木場清生 4	増山正同 1 松平親貴 3 本多忠実 1 小笠原貞正 3 前田利昭 3 高崎正風 1	酒井忠経 6	
従六位	三田葆光 8 足立正声 1 横山由清 12	三田葆光 6 足立正声 2 大島貞薫 8	三田葆光 6	三田葆光 20
正七位	八木雕 11 磯辺最信 4	八木雕 9 谷勤 14 根本公直 6 飯田年平 1	八木雕 4	八木雕 24
従七位	飯田年平 7 近藤芳樹 5			
合計	17人	29人	7人	5人

から従七位までの人が一編十七人、二編二十九人、三編七人を数えることができる（付載の「作者姓名」欄による）。これは決して少ない数字ではない。二編で二十九人と急増し、三編で七人に減っているのは、編集企画上での規制があったからだろうが、この様に各編には色々と手が加わっているのが感じられる。そこで、これらの人の中に大久保忠保のバックとして歌集編纂に協力した人たちがいることも考えねばならない。それを調べるために官位歌人の一覧表を作成してみた（表2）。

この表の人数には重複があるので、重複を除くと実数は三十四人になる。そこで、わかる範囲でこの三十四人の前歴を調べて見た。維新まで何をしていたかを知りたいのである。職歴は、公家・宮司・藩主・その他に分かれるが、次のようになる。

公家――近衛忠熙、三条西季知、風早公紀、交野時万、長谷信成、久我建通、嵯峨実愛、藤波教忠の八人。維新期に活躍した人が多い。明治期に入って宮司になった人もあって風早公紀、交野時万がそうである。

宮司――藤井行道、磯部最信（田安家家臣）、千家尊福

藩主――松平慶永（福井藩）、脇坂安斐（竜野藩）、稲葉正邦（淀藩）、小笠原貞正（小倉新田藩）、藤堂高潔（津藩）、本多忠貫（伊勢神戸藩）、前田利昭（上野七日市藩）、増山正同（伊勢長島藩）、松平親貴（杵築藩）、酒井忠経（敦賀藩）の十人である。この内、稲葉正邦・松平親貴は明治後に神職に就いている。

その他――林信立（財務官僚）、大島貞薫（但馬国出身、のちに洋兵学者）、木場清生（薩摩藩士）、根本公直（幕

臣から朝臣へ）、高崎正風（薩摩藩士）、鈴木重嶺（幕臣・佐渡奉行）、横山由清（国学者）、足立正声（鳥取藩士）、三田葆光（幕臣・箱館奉行支配組頭）、八木雕（犬山藩参政）、飯田年平（国学者）、近藤芳樹（国学者）、谷勤（水戸藩士）など十三人である。

このように種々の来歴を持つ人が多く、皆単純な生き方をしていない。この表をもう一歩吟味して、重要で高位の人物を挙げると、それは三条西季知と松平慶永（春岳）の二人である。季知は第一と二編の二冊にしか出詠していないが、病没したからである。しかし、天皇の歌の指南を務め、『明治現存 続三十六歌撰』の筆頭に選ばれていることを忘れてはなるまい。慶永（春岳）は、一編から三編まで途切れずに出詠し、息の長いところを見せる。慶永（春岳）は「三十六歌撰」には入らないが、「三十六歌撰」には別本もあり、別本に加わっている例もあり、歌の腕前も非凡である。漢詩にも長じている。明治政府の議定や大学別当兼侍読などに任ぜられていることも重要である。公家や宮司に顔の効く季知と、武家の系統に顔の効く慶永の両人が参画し、両者が司令塔となるとすれば、鬼に金棒で、出詠者は動きやすいのではなかろうか。

ところで、『開化集』と御歌所との関係であるが、ここは明治九年《1876》に改組され、文学御用掛が新設されている。季知を中心に高崎正風、渡忠秋、力石重遠、松平忠敏のような歌人が参加協力している（正風、忠秋、重遠、忠敏ら四人も『明治現存三十六歌撰』に選ばれている）。高崎、渡は二編に、力石、松平は一編に各一首を目立たない程度に出詠しているが、表立つことを抑えているとも考えられる。

ところで、前掲の表に正五位以下の官位歌人で、一編から三編まで休むことなく数多くの歌を出している人を調べると次の四人を挙げることができる。

林　信立　全四十一首
鈴木重嶺　全二十三首（重嶺は「三十六歌撰」）
三田葆光　全二十首
八木　雕　全二十四首

この四人は歌数から見て明らかに使命感ないし義務感を抱いて作歌していることが分かり、編集協力者つまりスタッフ要員と見倣してもいい人たちである。因みに編集責任者の大久保忠保について言えば、彼は武家出身で無官だが、歌は三十七首を提出し、旺盛な作歌力を示している。編集担当者の意気と実力を感じさせるのである。以上を総合すると次のような関係図が考えられないだろうか。

なお、右のスタッフには、次章で説明する星野千之（作歌数三十八首）と猿渡容盛（作歌数三十首）の

二人も加えるべきであろう。後考を待つのである。

話は変わるが、『開化新題歌集』刊行とほぼ同時平行的に開かれた大歌会に松浦詮《まつらあきら》主催の会というのがあって、その歌会記録が克明に残されている。記録名は松浦詮編『蓬園月次歌集・完』と言い、深沢秋男氏が所蔵しておられる。編者の松浦詮は元肥前平戸藩主で、和歌や茶道を嗜む風流人として知られた人である。詮の大歌会は多くの歌人たちを東京の別邸（台東区浅草橋付近）に招いて行なわれ、期間は明治十二《1879》年から約十年間継続され、『開化集』とほぼ同時期である。この月次歌会に披露された歌から千首を選出して記録されたのが前述の『月次歌集・完』で、明治二十三《1890》年の刊行である。この月次歌集の出席者には『開化新題歌集』の作者が数多く出席しているのでその名前を挙げると、次の通りである。

近衛忠煕、久我建通、嵯峨実愛、松平慶永、三条西季知、藤波教忠、藤井行道、福羽美静、松平親貴、脇坂安斐、千家尊福、高崎正風、本居豊穎、林信立、鈴木重嶺、三田葆光、黒川真頼、横山由清、近藤芳樹、松平忠敏、力石重遠、伊東祐命、小出粲、谷勤、加藤安彦

官位のある出詠歌人

これらの人はすべて『開化新題歌集』の参加メンバーで、このような別の場所で親睦が交わさ

れたことを想像するとなかなか愉快である。ただ、編者大久保忠保の名前が見あたらないのが残念であるが、彼は明治二十二年に没しているから仕方がない。（補記　松浦詮は明治十二・十四・十六年に賛者として宮中お歌会に出席している）

『明治現存　三十六歌撰』の出詠状況

表題の『明治現存　三十六歌撰』は明治十年《1877》に山田謙益の手により撰定された歌撰集である。過去の古典的な『三十六歌撰』には「現存」の二字がないので、ちょっと意外な感じを受けるが、この「現存」の二字はなかなか迫力があって、収録歌人の実在感を強調していないだろうか。

ところで、明治初頭は何故か名のある歌人がつぎつぎに死没した。元年の大隈言道と橘曙覧の二人をはじめ、六年の八田知紀、八年の大田垣蓮月、十年の伊達

表3　『明治現存　三十六歌撰』中の歌人

氏名	一編	二編	三編	合計	発行所（注記なしは一編）
三条西季知	3	2		5	神田錦町
加藤千浪	1			1	日本橋数寄屋町
横山由清	12			12	湯島辰岡町
飯田年平	7	1		8	猿楽町

千広、伊能穎則、加藤千浪と没し、明治十年後も十二年に横山由清が、十三年に近藤芳樹、大熊弁玉、三条西季知等、が没している。横山以下の四人はこの『開化新題歌集』の要員で、『同集』発行中の死亡であり、特に三条西季知の死は重要である。だが、山田が撰定した『明治現存三十六歌撰』に選ばれた歌人たちは『開化新題歌集』の中で大いに活躍し、その数は全部で二十四人に及ぶ。単なるお付き合い程度の人、途中で物故し詠草が途切れた人、全三編を連続出詠した人ら三群に分かれるが、彼らの実績を示せば表3の通りである。この表の作成目的は、前章の官位歌人と同じように出詠歌数の多い人を調べて、実際に編集に協力した

猿渡容盛	23	1	6	30	四ツ谷尾張町
伊東祐命	14	9		23	麻布永坂町
松門三艸子	1			1	京橋槙町
力石重遠	2			2	赤坂田町
黒川真頼		3	6	9	浅草小島町（二編）
小中村清矩	2	7		9	下谷西黒門町
鶴久子	2			2	本所松井町
三田葆光	8	6	6	20	下谷中徒町
星野千之	19	10	9	38	牛込赤坂下町
大熊弁玉	2			2	神奈川三宝寺
鈴木重嶺	15	5	3	23	牛込神楽町
屋代柳漁	29	6		35	浅草栄久町
中島歌子	5			5	小石川水道町
松平忠敏	3	1		4	牛込北町
高崎正風		1		1	永田町（二編）
小原燕子	6	3		9	蠣売町
本居豊穎	6			6	下谷仲徒町
渡忠秋		1		1	西京（二編）
近藤芳樹	5			5	四ツ谷中町
千家尊福		5		5	出雲国杵築（二編）
合計（24人	165首	61首	30首	256首）	

可能性のある人を知るためである。また、表に作者の住所を記載した理由は「歌撰」たちの居住地（旧地番）がほとんど東京であることを強調したかったからである。

前述したように表中の合計二十四人の歌人はほとんどが東京在住者で、東京以外は大熊弁玉（横浜）、渡忠秋（西京）、千家尊福（出雲）の三人のみである。差し引き二十一人は皆東京に住む人たちで、編者の大久保忠保の居所にも近く、忠保の実声を聞こうと思えば簡単に聞くことが出来、歌稿を届けることも可能で、集会にも出席しやすい人たちである。この事実は重要である。

次に、この表から二十首以上の多作者を拾うと六人である（十首前後の作者は除く）。この六人から前章の官位歌人の項で述べた鈴木・三田の二人を除外し、屋代・伊東は三編に詠草がない（病没か）ので外すと、結局、星野・猿渡の両名が『開化集』の編纂に終始尽くした格好になる。つまり、編集部付として働いた可能性が大きいのである。ただ、猿渡は四ツ谷尾張町に仮寓があり、初期段階には協力できたであろうが、明治十七年八月に没して、三編には子息の盛愛が代って出詠している。結局、星野一人が選歌や浄書などの編集業務まで手伝ったのではないかと思われる。星野ならば大久保とは友人関係だし、旧幕臣のよしみで松平慶永のような身分の人にも近付きやすい。彼は前にも一編の序文を書いているし、ここでは三十八首を出詠し、特段の活躍ぶりである。

それから『開化新題歌集』の発行所であるが、一編が「大久保忠保蔵版」とされていて、第二、三編が「金花堂」と書店名の変更されている理由であるが、維新にまつろわぬ人たちの抵抗を排し、広く自由に世間の人に読ませるためには第三者名義の方が抵抗が少なく合目的的との判断によるのではなかろうか。世人の関心を惹くにはその方が好ましいはずである。

また、『開化集』には公家、旧幕臣（士族）、神宮、寺僧など当時の知識層に属する階層の人の歌を集めている。歌を作るにはある程度の知識教養を要するので一般の庶民の思いや願いや感慨とは少し異なるところがあるかも知れない。地の底の呻きの声は聞こえないが、時代の足音は着実鮮明に聞こえるはずである。歌は事の成否の記述ではなく、各人のこころの揺らぎを託する道具でもあるので、文明開化の時代の声を余すところなく伝えていると思われる。それを理解して読めば本集はまた格別の愉しみが加わるはずである。

追　記

『明治現存　三十六歌撰』には正・続二編があり、続編は明治十八年《1885》四月に豊島有常の手によって撰ばれたが、本書の説明はほとんど正編の『三十六歌撰』（明治十年）に依っている。『開化新題歌集』はすでに明治十七年に三編（最終巻）発行を終え、完了しているので、引用を見合わせた。しかし、『続編』のメンバーに『開化集』の作者がかなり入っているので、その人たちの名前だけは記して置きたい。

近衛忠熙、税所敦子、小出粲、近藤芳介、嵯峨実愛、佐々木弘綱、足立正声、猿渡盛愛、速水行道、加藤安彦、久我建通（以上十一人）

『明治現存三十六歌撰』の出詠状況

三条西季知の人と歌

私事になるが、三条西季知という歌人を身近に意識するようになったのは、卿の短冊を実際に見てからのことである。小田原にある「伊勢物語文華館」は歌人の短冊を多数蒐集していて、数年前の某日、ここで「七卿落ち」の七人の公家の歌の短冊を見たことがあった。七枚の短冊はみな金粉を散らした美麗なもので、三条実美から東久世《ひがしくぜ》通禧《みちとみ》までずらりと陳列されたのを見た時はショックを感じた。その中に三条西季知の一枚があって、流麗な筆致で「あき深きその神山の露じもに木々の梢はうす紅葉せり　季知」と書かれ、この深秘的な一首をいまだに記憶している。また、昭和四年《1929》に刊行された改造社版の『現代日本文学全集　三十八巻』の「現代短歌集」には明治初頭の歌人の作品が何人も載っていて、ここにも季知卿のページがあり、顔写真と二十首の作品が掲載されている。その中の一首に「うきをこそそのがれもしつれ山里に世をそむく身と人なおもひそ」（大意・辛いことから逃れてこの山里に来ているのだ。人よ、世を背く身と誤解しないで欲しい）があるが、この歌には都を落ち延びて太宰府延寿王院に閑居していた時の苦しみが刻みこまれていないだろうか。正二位という高位の身分の人が『開化新題歌集』に松平慶永と一緒に歌を出しているのは決して偶然ではないという気がする。卿の生涯を簡単に述べると——公家。正二位。維新の功臣。正親町三条実継の子。国学に通じ和歌を善くした。幕末の天下多事に際し、三条実美と尊皇攘夷を唱えて幕府の忌む所となり、実美等六卿と難を避けて太宰府に逃れ、五年を過ごした。慶応の末年に京都に戻り、その後は新政府の参与、ついで権大納言となる。明治天皇の侍従として歌道を指導した。東京神田錦町に住む。明治十三年《1880》八月二十四日歿。享年七十。三条実美が季知を追慕した歌に、

　ふく風にちりはてたれど言の葉の錦はよよに猶のこりけり

がある。歌集は『恵仁春之陰』二巻。

季知の歌は『開化新題歌集』の一編に三首、二編に二首、三編無しで計五首が掲載されている。三編に歌が無いのは明治十三年に没したからである。この五首の歌についてここで改めて鑑賞して置きたい。

ことのはのかよふをみれば風の音の遠きさかひはなき世なりけり　一編「電信機」

（電信機が設置されて）言葉が手元に届くようになったが、これで風の音のする遠国との境がなくなる時代になった。「風の音の遠きさかひ」が巧みで深みのある歌。

天地のこころやこれにかよふらんさらすはしらじ暑さ寒さを　同「寒暖計」

天と地のこころが寒暖計には通っているのだろうか。曝している柱文字が暑さも寒さ

も報せてくれる。「はしらじ」は柱字、寒暖計の計数。

くもりなき御世のしるしはおほかれど先づあふがるる日の御旗かな　同「国旗」

曇りのない明るい御世のしるしは多いけれど、何と言っても先ず仰がれる日の丸の御旗にまさるものはない。

川くまの隈ももらさず見ることは水の濁りを残さざるなり　二編「水上警察」

川の入り組んだ場所も洩らさずに検分することは川の濁り（不正）を残さないということである。

きのふまで行なやみしも新しくひらけし道の心ちこそすれ　同「道路修繕」

昨日までは荒れ果てて行き悩んだ道路だったが、修理が終わるとまるで新道が開通したような爽快な心地がする。

掲載歌の四首はあまりにも少なく、御歌所の歌人たちが集に精々一首を出している姿勢に似ている。しかし、『開化新題歌集』の発行には何らかのかたちで関与しているのではなかろうか。

松平慶永（春岳）の人と歌

幕末・維新期の越前福井の藩主。文政十一年《1828》九月二日、江戸城内・田安邸に三代斉匡の八男として生まれた。天保九年《1838》、将軍徳川家慶の命で十六代藩主となり、慶永《よしなが》と称した。号は春岳。近時御用役に中根雪江、橋本左内らを登用して藩財政の立て直しに努力し、洋式軍隊の編成、造船事業、種痘法の採用などの治績を挙げ、さらに殖産興業策の振興などを積極的に推進した。

嘉永六年《1853》、ペリー来航の際には幕府の強化と攘夷を主張したが、その後、開国論に転じた。安政五年《1858》の日米修好通商条約の無断調印には反対し、将軍継嗣問題では一橋慶喜を推戴すべく主張したので大老井伊直弼と対立し、安政の大獄で隠居・謹慎を命ぜられた。桜田門外の変後ようやく謹慎を解かれている。

慶応三年《1867》山内容堂らと将軍慶喜に大政奉還を進言。だが、その翌年に鳥羽・伏見の戦がおこり事態は一変、徳川家は朝敵とされた。春岳は終始、明治新政府側に立ち、慶喜に絶対服従を勧めるとともに徳川家を救う努力をした。

新政府成立後は議定、民部卿、大蔵卿などを歴任し、のち麝香の間伺候となり、明治天皇の信任を得た。その後、第一線から退き文筆生活に入った。田安家からは田安宗武のような優れた歌人が出ているが、春岳も和歌は造詣が深く、宮中歌会には明治二年、三年、四年、八年、跳んで十九年に出席している。『開化新題歌集』との関わりは深く、全三編にかならず二、三首を出詠した。また、元平戸藩主松浦詮の屋敷で聞かれた蓬園歌会（浅草）にも好んで出席している。明治二十三《1890》年、東京小石川にて没。享年六十三。

松平慶永『開化新題歌集』出詠全歌

其ままに人の姿をうつし絵は百代に千代につたへつつ見む　一編「照影」

ありのままに人の姿を写しだす写真は百年あるいは千年まで伝えて見たいものだの意。写真は「照影」とも言われた。

冬氷市路にひさぐ声きけば夏をわするる心地こそすれ　同「氷売」

冬の氷を売る声を市路にきくと夏を忘れる心地がするの意。当時、すでに天然氷だけではなく人造氷の製造も着手され、明治三年、福沢諭吉が熱病にかかった時、松平春岳が買入れた機械で人に依頼し、氷を試作させたという。

明らけくをさまれる世ももののふはつねにいくさをならしのの原　同「練兵」

明らかに治まっている世であっても武人はつねに戦に馴らしておかねばならないの意。

この時代の練兵場は千葉県習志野なので、習志野のナラと馴らすのナラを懸けている。

へだたりし千里の外の友にすら心安くも語るけふかな　二編「電話器」

千里も隔たった友と心安く語れる今日だ。電話器は便利なものだ。

前に見し鳥をうしろになしてけり走る湯の気の早き車路　同「汽車」

車窓から見ると前方に翔んでいた鳥がいつのまにか後になった。蒸気を動力とする汽車は速力が早いのだ。

あまたたび筆もてうつすいたつきもなしてふ板のめづらしきかな　同「複写版」

たびたび筆を持って写す苦労もないという板状の複写版は珍しいものだ。

語らんと思ふこわねを貯へて千代につたふる器《うつは》くすしも　同「貯声器」

語ろうと思う声音を貯えておいて千年も伝える機械があるが、不思議なものだ。「貯声器」は蓄音機のことか。一八七七年エジソン発明。

ひなさかる都の市に馬車《うまぐるま》はしる道さへひらく御世かな　三編「鉄道馬車」

明治の一時期、乗物に鉄道馬車が流行った。馬車みちの広さを讃めた歌。

同「電気灯」

久方の日の光にもまされるは昼かと立てる道のともし火

日の光に比べても勝れているのは道路に立つ電気灯の明かりだ。

同「爆発薬」

岩山をうがつを見ればひらけゆく道ある御世のこれや近道

岩山に孔をあけるのに手作業ではなく爆薬を使う開化の時代は大いに進歩したと思う。「爆発薬」はダイナマイト。一八六六年、ノーベルの発明。

「氷売」や「練兵」「爆発薬」などの歌は、福井の殿様の貫禄を思わせるものがある。

編者大久保忠保の人と歌

編者の大久保忠保という人は、前歴のよくわからない人である。これだけ大きな仕事を遣り遂げた人であるにも関わらず、その過去の事績はほとんどわからない。第一、『広辞苑』や吉川弘文館の『国史大辞典』を引いてみても不載で、名前が出てこない。姓名は武家風であるが、旧幕臣なのか何れか他藩の家中なのかもわからない。『開化新題歌集』一編序文の作者星野千之は文中で

「我が友大久保忠保ぬし」と親しく書いているのが唯一の手がかりである。千之は旧幕臣で外国奉行に携わった人だが、その千之が「我が友」と書くのであるから、やはり幕臣と見るべきであろう。

忠保の晩年の著書『掌中　雅言栞』を開くと、彼が国学や歌学に詳しい人であることがわかる。しかし、家集は見当らず、『明治現存　三十六歌撰』（正・続）にも選ばれていない。ただ、前記の『雅言栞』の奥付には珍しく「東京府士族」との書き込みがあるので、これが旧幕臣だったことを示す唯一の証拠になる。『開化新題歌集』の巻末にある簡単な名簿を繰ると忠保の住所は三編すべて「牛込東五軒町」と記され、この地区には「同心町」などもあって旧幕府の御家人たちの住んでいた地域に近い。これだけのわずかな予備知識をベースに、まず、旧幕臣忠保の歌の技量を知るために改めて『開化集』登載歌三十七首全歌を取り上げ、改めて一首ずつ慎重に吟味鑑賞して見るのである。

大久保忠保『開化新題歌集』出詠全歌

一編（明治十一年刊）掲載十首

むかしよりこのわざあらば親の親の遠つ御祖《みおや》に今もあはましを　「照影」

題「照影」は写真に同じ。「昔にこの技術があったならば、何代も前の祖先に会うことができるのだが…」という歌意で、写真術に注目した歌。

夏むしのうたがふこともとけてけり今や氷をひさぐ市人　「氷売」

夏の虫が見ると疑うだろうが、その疑いも解けよう（氷が解けるに掛ける）。今では盛夏に氷を売る商人はこんなにたくさん居るのだ。

百たらす八十《やそ》きだのぼる水がねに今日の暑さのほどをこそ知れ　「寒暖計」

「百たらす八十きだ」は寒暖計の目盛り。華氏か。「水がね」は水銀。「こそ――知れ」は係結び。今は百八十段を刻んだこの計器で「暑さ」の程度を知ることができ、便利である。

ことわりをきはめし人のたくみにははたた神すらおよばざりけり　「避雷針」

「ことわり」はここでは落雷の原理。「人のたくみ」は雨中に凧揚げをして糸を伝う電流を知ったB・フランクリンのことであろう。「はたた神」は雷神。フランクリンは避雷針の原理を発見したが、この人の頭脳には「はたた神」も及ばない。

ひらけゆく道をふみみる人さはにある世は文字も植うるなりけり　「活版」

「ひらけゆく道」は文明の開化。「ふみみる」は踏みの意味もあるが、文字を読むの意。「人さは」は人多く。「文字も植うる」は植字。植字による活版印刷もまた盛んになった、と技術の進歩を誉めた歌。

耳にまでゆたけきみ世の聞ゆるか日毎に習ふ小琴ふえのね　「雅楽稽古所」

雅楽稽古所での所見。「耳にまでゆたけきみ世」は国内最大の内戦西南戦争が終って平和になったので、耳にまでゆたかに雅楽の稽古が堪能できるの歌意。

みくるまの右にひだりに馬なめてますらたけをの君うちまもる　「近衛兵」

明治帝出御の左右に警護の近衛兵が馬を並べている様子を詠む。「君うちまもる」に元幕臣の一つの感慨がこもる。

たかどのの高き教《おしへ》かしらま弓ひかるる人の多くもある哉　「礼拝堂」

「たかどの」はキリスト教の「礼拝堂」。キリストの教義に惹かれる人（例えば旧士族）が多くなったと世相の変化を詠む歌。「しらま弓」は引くの枕詞。

まひうたふ姿をみれば久方の天つをとめもおよばざりけり　「京都歌舞練場」

舞踊する若い日本の女性の姿を見て、「天つをとめ」よりもすばらしいと嘆賞した歌。京都には今もなお歌舞練場が四軒ほどあるそうだ。

さつまがた遠くわたりて君が世の都に身をばおき縄の人　「琉球藩」

明治政府が琉球を日本へ統合し、国王尚泰を東京に住まわせたその事実を歌う。「おき」

は置きと沖に懸かる語。歌意は、薩摩の海を遠く渡って大君の都に身を置く人（国王尚泰）よ、と詠嘆した歌。忠保は、この歌を一編の巻末に置いている。

二編（明治十三年刊）掲載九首

黒がねに花を鳥をもいすかして工《たくみ》やさしきこれのひめ垣　「鉄女墻《てつひめがき》」

歌題の「鉄女墻」は鉄製のひめがきで、花鳥の透かし模様があったようだ。その模様をして「工やさし」と誉めた歌。「いすかし」の「い」は接頭語で意味を強める。鉄製の女墻に花鳥の透かしを入れて何とやさしい風情のあることよ、が歌意。

いにしへのたとへにも似ずおのづから片輪車もまはる世の中　「自転車」

当時はやりの自転車を詠む。二輪車を片輪車と詠んだところが滑稽で、下の句の「まはる（廻る）世の中」には忠保の渋い人生観が出ているようだ。

下げおける玉の光にはふ虫のわざはひもなき御世にもあるかな　「駆虫珠」

歌題の「駆虫珠」は今残っていないが、「下げおける玉の光」に或る程度、形状を偲べる。虫除けの玉であろう。当時は今よりも蚊や蝿などの夏虫には悩まされたようだ。ささやかだが「駆虫珠」をして世の進歩を歌う。

大名持《おおなむち》すくな御神《みかみ》の残しおきしこの島国をつくる君の世

「無人島開拓」

「大名持」は大国主の別名、「すくな」は少彦名。この二柱の神が協力して国土の経営に当ったので、「御神の残しおきしこの島国」と言った。明治初期には北海道・樺太の開拓使が置かれ開拓熱も高かった。

列《つら》ねおきてうなゐはなりの目に見るは聞くよりはやき教《をしへ》なりけり

「教育博物館」

「列ねおきて」は展示品を並べての意味。「うなゐはなり」は髪を結ばず、肩にたらした少女をいう。展示品を多く並べて少女たちに見せるのは言葉で聞くよりも理解の早い実際的な教育法であるとの意味。

物部《もののべ》のやたけ心のあづさ弓今や昔に引きかへすらん

「歩射再興」

歌題の「歩射」とは歩兵の弓射のこと。『字源』には「歩戦」の語を歩兵にて戦うの解がある。「物部」は上代の軍事を司った氏族の名。「やたけ心」は勇猛心。物部族が勇猛心を揮った時のように弓射を再興するということは有意義で、今を昔に引き戻すであろう。

しろしめすあら人神のいでましに幸《さち》こそいのれ大八《おほや》しま国

「御巡幸」

「あら人神」は現人神。天皇を尊んでこう言った。明治天皇は好んで巡幸をされたが、その巡行に「幸あれかし」と祈る歌。

たな引《びき》し昔の赤裳《あかも》たちきりて靴ふみならす大宮をとめ

「女官著靴」

宮中の女官たちが靴を履くようになったが、これには抵抗もあったであろう。だが、進歩は進歩である。「昔の赤裳たちきりて」に女官らの決断を示す。「靴ふみならす」は著靴の音だが、女官の気持が出ていておもしろい。

「西洋馬具 毛覆」

疾《はや》き駒の耳さへふさぐ世間《よのなか》に眼《まなこ》ばかりはいかで出すらん

「西洋馬具」は「毛覆い」と言って馬の眼ばかりが覗いていて不気味なものだったようだ。歌意・世間では馬の駈ける音にさえ耳をふさぐ人も多いのにどうして「眼ばかり」出させているのであろうと野次った歌。前の編と同じ様に忠保はこの自作を二編の末尾に置いた。

三編（明治十七年刊）掲載十八首

「孝明天皇祭」

いと竹の声も雲ゐに澄みのぼる御墓や浮きの月の輪の山

孝明天皇祭の日の歌。孝明天皇を詠んだ歌は『開化新題歌集』にはこの一首しかない。

作者には個人的な特別な感情があったのだろうか。天皇は攘夷と公武合体を支持し、皇妹和宮の降嫁を容認した人である。初句「いと竹」の「いとは琴・三味線の弦楽器を指し、「竹」は笛・笙などの管楽器をさす。大意・お祭の管弦の音も空に高く澄みのぼる御陵なので、「浮きの月の輪の山」と呼ぶのだ、と讃えている。陵墓の正式の名は「後月輪東山陵《のちのつきのわのひがしのみささぎ》」。

こと国の物もうつはも造りいづるつかさもあればある世なりけり　「工部省」

「工部省」は明治三年、鉄道・鉱山・電信・造船など、殖産興業を司るために創設された中央官庁。明治十七年廃止。「物もうつは（器）も造りいづるつかさ」とは工部省の事業内容を言ったもので、省の仕事を肯定的に詠んだ歌。

日の本のこがねの花を集めおきて散らしてはまた匂はするかな　「日本銀行」

日本銀行は明治十五年に、条令に基づいて創立された。「こがねの花」は貨幣を美化して言ったもの。大意・「日本銀行」は国の金を集めては散らして（貸し出して）利益を獲得するところだ位の意味。

わざをぎが昔をうつす舞の袖かへすがへすもおもしろきかな　「能楽堂」

「わざをぎ」は俳優の古語。ここでは能楽の俳優。「昔をうつす」は昔を映す、「舞の袖かへす」の「かへす」は袖を「反す」の動詞と「返す返す」の副詞を重ねたもの。能楽は本当におもしろい芸能だくらいの歌意。

日の本のことばの花をまなびえて知らぬ国にも咲かせつるかな　「外国人留学」

外国の留学生は、日本語の精華を学んで私の知らぬ遠い国に文化の花を咲かせるのであろう。

汲《く》む汐《しほ》を都へはこぶむかしにも勝《まさ》りたるらん市《いち》の温泉《いでゆ》は　「市中温泉」

今もそうだが、この頃、東京市に温泉が湧いたのであろう。市中温泉というものが出来て流行ったらしい。塩分を含んだ温泉と見えて、「汲む汐」と言った。

今も猶《なほ》うつつにみゆるいにしへはふみと物との残るなりけり　「観古美術会」

今もなお昔を現実に見ることができるのは、この美術会のように昔の文物が残されているからである。

鳴神《なるかみ》のおくに聞きつるともし火をかかげて照らす御世ぞかしこき　「電気灯」

雷鳴の奥に光る電気と同じともし火をかかげて照らす御世はありがたいことである。電気を「鳴神（雷）の奥に聞くともし火」と言った比喩がおもしろい。

からふみを渡し初《そ》めにし国人も今はまゐ来て道学ぶなり　「朝鮮人留学」

漢文で書かれた「千字文」は百済からの渡来物である。今はその国の人もこの国に留学し学ぶようになった。明治六年頃に出板された橋爪貫一（松園）著『楷行二体新撰千字文』は大久保忠保の校閲である。

築泥《ついひぢ》も城門《もん》もくづれて松ばかり昔の色にかはらざりけり　「廃城」

廃城を歌う。「松ばかり」が昔の色に変らないというところに哀傷がある。城の場所を特定してないが、城郭破却後のすべての城祉に共通する感情である。土井晩翠の傑作「荒城の月」の詩は明治三十一、二年頃の作と思われるが、忠保のこの歌は明治十七年頃の作。

七おもて変れる鳥の何といはむ朝夕かはる人のこころを　「七面鳥」

「七面鳥」は斎藤茂吉の歌集『あらたま』にも連作があるが、忠保のこの歌などその先駆を成している。歌意は、人のこころは変りやすいが、七面相の鳥がそれを見たら何と言うだろうとの当てこすりで、なかなか辛辣な一首。

外国へ竹の園生《そのふ》をうつしうゑて学びおぼえし御世のふしぶし　「皇族留学」

特に誰というのではないが、皇族の外国留学も開化の証であった。「御世のふしぶし」

は御世のおりおりくらいの意味。「竹の園生」は皇族の雅称。出典は「史記」。

□□が人まひまなぶ教へにもをしへの道にたちまじるなり　「俳優教導職」

初句不明。「俳優教導職」という職名は内容を審らかにしない。今でいえば舞台監督のような職名か。

熊の住むねもろも君が大御世は県《あがた》となりてにぎはひにけり　「根室県」

「根室県」は明治十五年頃、北海道にあった県。「札幌県」「函館県」も置かれた。歌意、野性の熊が住むという根室も君が大御世ではひとつの県となって賑わうのである。

玉垂《たまだ》れしむかしは知らず今の世は指輪にかざるこがねしろがね　「指輪」

歌意、管玉や勾玉を身の飾りに使った昔のひとは知らないことだ。今の世は金や銀を指輪に飾るのだ。

とつ国の船さへ見えて竹芝《たけしば》の浦めずらしき宮居《みやゐ》なりけり　「芝離宮」

（ごく最近まではさかんに攘夷々々と唱えたものだが）今は平和になり外国船を自然に見ることができる竹芝の芝離宮は珍しい宮居である、という歌意。ここは元は徳川家の鷹狩場でその後は将軍家の別荘であったが、明治になって有栖川宮邸、次いで宮内省所有になった。

絵にかけるだるまに似たる耳輪してあはや憂き世をわたるたをやめ　「芸妓耳輪」

歌意・画で見る達磨大師のような耳輪をつけて、あれまあ、この憂き世を渡る女人たちがいる。原文では「あはや」を「阿早」と書く。感動詞であれまあ位の意味。明治になって零落した士族の子女が芸妓になった話も少なくない。

西の海にかがやかす名も時のまに降《くだ》つ日かげや島の夕露　「那勃翁《ナポレオン》一世」

「那勃翁」は漢字の当て字で、フランス皇帝ナポレオン一世のこと。簡略化して那翁、奈翁とも書いた。「那勃翁」を詠んだ歌は三編に三首載るのみであるが、この一首が最後尾に置かれている。遠島の末に亡くなった英雄を悼む歌で、一代の英雄として西洋に名を轟かせたナポレオンも落日のようにはかなくセントヘレナ島の夕露と化して消え去った、と言うのである。「夕露」ははかない命の譬え。なかなか暗示的な一首である。

最後のまとめになるが、大久保忠保の全作品を読んで思うことは彼がなかなか視野広く歌も高手であったということである。「寒暖計」「避雷針」「活版」および「電気灯」などの作はどことなく理系の人を思わせるが、大局的に物を見ることが巧みで、「雅楽稽古所」や「御巡幸」「女官著靴」

などは宮中の行事にも世の変化を見ている。「近衛兵」の存在や、宮中にひびく女官著靴の靴音はまさに開化を代表する材料であったろうし、また「孝明天皇祭」の歌は集中ただの一首しか存在しないが、公武合体論者で和宮降嫁を推した孝明天皇を偲んでいる点も見逃せない。その外、「七面鳥」「指輪」「芸妓耳輪」のような辛辣な人間批評も無視できない。英雄ナポレオンを詠んだ歌がここに出てくるのは意外であるが、この一首には最後の将軍徳川慶喜の孤影が反映されていないだろうか。また忠保の歌が集の中で穴場や弱いと思われるところに巧みに配置され誌面を引き締めている事実も見逃してはなるまい。忠保は『開化集』第二編に序文を書き、その中で「珍しく新しいと思っていることを歌題にして詠出した歌を集めて先に一巻を編んだが、昨日は今日の昔となって今では古く珍しくもない。この度、また珍しく新しいと思う歌を拾って後続の一巻としてみたが、花鳥風月に情をよせて詠出したたぐいとは異なるので、難波の浦にしげる葭や葦のようにそのよしあしはわからない」と、自分の仕事を反省し、懐疑を示していることも注目すべきであろう。だが、忠保は意志の人、この文章を執筆したその瞬間に旧派歌人の領域を超越して、新時代の短歌の旗手となったのではなかろうか。

三編の佐々木弘綱の序文に「軽気球にのりて大空をかけるが如く嬉しく楽し」とあるのは、『開化新題歌集』全三編への称賛の言葉である。

忠保の墓は東京谷中の玉林寺にある。碑の表には「椿園大久保忠保先生墓」とあり、裏には「明治廿二年十一月十六日、保光院忠翁大義居士」と彫られている。『開化新題歌集』三編の板行を成し終えて五年十か月後に没したことになる。新時代の扉を押し開けた文化功労者の一人と言わねばなるまい。

『開化新題歌集』主要歌人六十三人紹介

氏名五十音順に、生没年（判明するもの）、『開化集』収録の〈歌数〉、略歴を記し、出詠歌より一首を選出した。

足立《あだち》正声《まさな》（天保十二《1841》〜明治四十《1907》）〈一編1首、二編2首、計3首〉

従六位。明治現存続三十六歌撰。旧鳥取藩士。通称八郎。字は興郷、老狸と号す。年少より碑誌墓碣に関心を持つ。事に坐し脱藩、山口明倫館に兵学を修めた。明治となり、教部大丞、東宮亮、諸陵頭、図書頭を歴任し男爵に叙せられる。著に『剥蘇集』。

そのかみにかかるたくみの舟あらば竹のをとめは月にかへさじ　「軽気球」

石川《いしかわ》正寛《まさひろ》〈三編13首〉

美作国（岡山県）勝北の人。

よしあしのまさりおとりは見えなくにひとり都の名にはもれたる　「大阪府」

飯田《いいだ》年平《としひら》（文政三《1820》～明治十九《1886》）〈一編7首、二編1首、計8首〉
従七位。明治現存三十六歌撰。因幡国気多郡に生まる。通称七郎、号石園。本居大平・伴信友・加納諸平に学ぶ。諸平・石川依平とあわせて三平と呼ばれた。明治二年政府に召され、史官に任じられ、神祇大史に転じ、式部職御用掛に累進した。宮内省派。

　雨風は目にのみ見つつ窓ごとにさかりをきほふともし火の花　「玻璃窓」

伊《い》東《とう》祐命《すけこと》（天保五《1834》～明治二十一《1888》）〈一編14首、二編9首、計23首〉
国学者。浜田藩士。通称健三郎、号は柳園。前田夏蔭、加藤千浪らに歌を学ぶ。明治現存三十六歌撰。明治二十一年、高崎正風に知られて御歌所に入り寄人を勤める。家集『柳の一葉』。墓は青山霊園。

　大洋も人の心をへだてねばうとき国なき世となりにけり　「外国交際」

小《お》原《はら》燕子（?～明治十五《1882》、享年六十七）〈一編6首、二編3首、計9首〉
号は葵の舎。江戸に居住し、和歌を加藤千浪に学ぶ。明治現存三十六歌撰。著書に『明治女用文範』がある。

　あらがねの地の動くを天つ日のめぐるとのみも思ひけるかな　「究理」

大久《おおく》保《ぼ》忠保《ただやす》（天保一《1830》～明治二十二《1889》）〈一編10首、二編9首、三編18首、計18首〉
当『開化新題歌集』の編纂者。二編の序文は有名である。雅号は恪堂、椿園など。身分は東京府士族。著書に『掌中　雅言栞』、『楷行二体　新撰千字文』の校閲など。

むかしよりこのわざあらば親の親の遠つ御祖に今もあはましを　「照影」

大熊《おおくま》弁玉《べんぎょく》（文政一《1818》〜明治十三《1880》）〈一編2首のみ〉

江戸浅草に生まれる。大熊卯八の四男。幼名鉄之助。十五歳で芝増上寺に入寺し修業。のち横浜三宝寺の住職となる。慶阿上人という。号は善蓮社浄誉、歌人としては滄々室と号した。国学・歌文を岡部東平、橘守部に学び、明治初期旧派歌人として長歌にすぐれた。明治現存三十六歌撰。門人の編集した歌集『由良牟呂集』（明治十二年刊）『由良牟呂集拾遺』がある。書もよくした。

翅えて雲路をかけるここちせりこや今の世の天の鳥船　「汽車」

太田《おおた》原《はら》良当〈三編9首のみ〉

美作国（岡山）津山の人。明治二十六年版『千代田歌集』の収載歌人名にも載る。

わらはべが遊びをふみにふみかへて学びの道をゆく世なりけり　「小学生徒」

岡野《おかの》伊《い》平《へい》（文政八《1825》〜明治十九《1886》）〈二編7首、三編7首、計14首〉

幕末明治の狂歌師、新聞記者。黒川春村に狂歌を、井上文雄に和歌を学ぶ。号は蓬室、浅草庵五世。明治になって「有喜世新聞」などを発行。

弓矢をば小田のかかしにまかせつつ鍬とる身こそ心やすけれ　「士族帰農」

加《か》藤《とう》千《ち》浪《なみ》（文化七《1810》〜明治十《1877》）〈一編1首のみ〉

奥州白河の人。通称弥三郎。江戸に出で、呉服商に奉公。岸本由豆流に学ぶ。和歌・書をよくした。明治現存三十六歌撰。維新後、宮中から召されたが、辞して受けなかった。門下に伊東祐命・中島歌子ら。詠史に優れ、『詠史百首』『続詠史百首』を上梓。

皆人にきずあらせじと毛を吹きて疵をみる世も嬉しからずや　「黴毒検査」

加藤《かとう》安彦《やすひこ》（文政三《1820》〜明治三十一《1898》）〈一編1首のみ〉

通称安太郎。字は内記又は重郷。家号は松園。植松茂岳の門。歌集に『松廼したたり』がある。明治現存続三十六歌撰。

よるひるをはたまりよつの数にしてはかりやすくも成にけるかな　「時計」

加部《かべ》厳夫《いずお》〈一編1首、二編6首、計7首〉

明治九年、宮内省文学御用掛。唱歌の作詞に才を発揮し、『日本唱歌集』（岩波文庫）に「霞か雲か」「進め進め」二曲の作詞者として載っている。

経緯のもとを定めてくれはとり綾も錦も織りそめにけり　「立憲政体」

黒川《くろかわ》真頼《まより》（文政十二《1829》〜明治三十九《1906》）〈二編3首、三編6首、計9首〉

明治現存三十六歌撰。東大教授。文学博士。御歌所勤務。上野国桐生生まれ。旧姓金子氏。黒川春村に学んだ。春村没後、黒川氏とその学を継いだ。大八洲学会に属す。著は『横文字百人一首』ほか国文学関係書が多い。

戦国のただしき道をたがふるはふみ見ぬ人のふめばなりけり　「国事犯」

小《こ》出《いで》粲《つばら》（天保四《1833》〜明治四十二《1908》）〈一編4首、二編5首、計9首〉

国学者、明治現存続三十六歌撰。石見浜田藩士。江戸八丁堀の藩邸に生れる。槍術は宝蔵院流の皆伝。十六〜七歳より歌道に志し、明治十年初めて御歌所に入り、文学御用掛を命ぜられる。のち御歌所主事に累進。晩年に御歌所寄人となる。東京に住む。

老の身にひとり知らるるわたくしの寒さははかるもの無かりけり　「寒暖計」

久《こ》我《が》建通《たけみち》（文化十二《1815》〜明治三十六《1903》）〈二編2首のみ〉

正二位。公家。勤王家。堂上派。入江為福系。京都生まれ。久我通明の養子。号は翠君、素堂。千種有功に和歌を学び、また絵もよくした。内大臣に進み公武合体、和宮降嫁に尽力。明治現存続三十六歌撰。

とつ国のふみのはじめはあし間ゆく蟹の後見でつくり初めけん　「洋書」

小林《こばやし》鳥《と》見《み》子《こ》〈三編6首〉

猿渡盛愛の妻。

引わたすいとときたより得たる世は雁の翅も何かたのまむ　「電信機」

小《こ》中村《なかむら》清矩《きよのり》（文政四《1822》〜明治二十八《1895》）〈一編2首、二編7首、計9首〉

宮内省派。国文学者。文学博士。小中村春矩の養子。江戸生れ。本居内遠に学んで本居宣長の学統を継いだ。律令に詳しく、維新に際して官制改革の議にあずかり、また明治十五年東大古典講習科の開設に参画、教授として国文学を講じた。著書に『歌舞音楽略史』『令義解講義』など。国学から近代国文学への転換をうながした学者で、書もよくした。明治現存続三十六歌撰。

とつ国といひてあらめや立ちつづく煙に枯れしあはれ人草　「魯土《ろと》戦争」

近衛《このえ》忠熙《ただひろ》（文化五《1808》～明治三十一《1898》）〈二編2首のみ〉

幕末維新期の公家（摂家）。右大臣を経て左大臣、内覧となる。条約勅許問題で安政の大獄に連座し、左大臣を辞し落飾、翠山と号した。その後、復飾し関白となり、国事御用掛を兼ねた。公武合体の方針を取ったため、宮中の倒幕派勢力に圧され、関白を辞す。明治現存続三十六歌撰。

きしりつつうつつ音高く聞こゆなり数もただしき時をはかりて　「時計」

近藤《こんどう》芳樹《よしき》（享和一《1801》～明治十三《1880》）〈一編5首〉

国学者。本居大平系。従七位。周防国岩渕生まれ。明治現存三十六歌撰の一人。長州萩で家塾を開き、毛利敬親に召され、長州藩の明倫館の助教となる。明治十年、宮中御歌会の点者を勤む。本姓佐甲。家集『寄居百首』『寄居歌壇』『寄居文集』など。

雲わけて空ゆく舟もある御代にひらけぬは我が心なりけり　「幸遇開明世」

近藤《こんどう》芳介《よしすけ》（文政五《1822》～明治三十一《1898》）〈一編1首のみ〉

明治現存続三十六歌撰。足代弘訓系。山口生まれ。藩命によって近藤芳樹の養子となる。文久三年「七卿落ち」の公卿に同行して郷里の周防に帰り萩藩校明倫館の助教となった。維新後は神職を務め京都伏見の稲荷神社の宮司となった。本姓は佐甲。号は静居。

傘にさし杖にもつきてかはほりのかろく出でたつ世こそやすけれ　「蝙蝠傘」

税所《さいしょ》敦子《あつこ》（文政八《1825》〜明治三十三《1900》）〈一編2首〉

京都生まれ。林氏。十八歳で父を失い、二十歳で薩摩藩士税所篤之の後妻となり、二十八歳夫を喪って薩摩に下り、姑に仕えた。八田知紀門。明治前期における桂園随一の高手といわれた。明治現存続三十六歌撰。明治八年秋、昭憲皇太后に仕えた。権典侍。家集『御垣の下草』『内外詠史歌集』等。

時はかる器の針もをりをりはおくれ先だつ世にこそ有けれ　「時計」

嵯峨《さが》実愛《さねなる》（文政三《1820》〜明治四十二《1909》）〈二編1首のみ〉

公家。正二位（開化新題歌集当時）。のち従一位。堂上派。入江為福系。「嵯峨」に改姓するまでは正親町三条を名乗った。幕府が通商条約の勅許を求めた際反対して安政の大獄に連座、倒幕派公卿として朝廷をリード、討幕の密勅を薩摩藩に伝達したのも実愛という。硬派の公卿の一人。

ものごとにあゆみをいそぐ心よりなべて杖つく世とはなりけん　「策杖」

酒井《さかい》忠経《ただつね》（嘉永一《1848》〜明治十七《1884》）〈三編6首〉

越前敦賀藩の第八代（最後）藩主。官位は従五位下。右京亮。戊辰戦争で新政府側に就き、明治二年、版籍奉還により藩知事となる。

めぐりゆくもろ輪の音もききなれつ浪の浮寝はかしこかれども　「汽船旅行」

佐々木《ささき》弘綱《ひろつな》（文政十一《1828》〜明治二十四《1891》）〈三編5首〉

明治現存続三十六歌撰。民間派。伊勢鈴鹿生まれ。十四歳で初めて歌を詠じ、二十歳で足代弘訓に入門。二十五歳にて『歌詞遠鏡』を著し、爾来数十部の著書がある。明治十五年、東京の神田小川町に移居。『開化新題歌集』第三編発行に際し、序文を寄せている。東大講師、東京高師講師を勤める。子規歌集に「世の中に歌学全書をひろめたる功に報いん五位のかかぶり」という弘綱称賛の歌がある。

何ひとつさはるふしこそなかりけれ葦わけをぶね汀はなれて　「自主自由」

佐々木《ささき》信綱《のぶつな》（明治五《1872》〜昭和三十八《1963》）〈三編5首〉（弱冠十二歳で参加）

現在の鈴鹿市石薬師町に生まれる。弘綱の長男。高崎正風に学ぶ。明治〜昭和の歌人・国文学者。正六位勲六等文学博士。号は竹柏園。明治三十一年、竹柏会を興して「心の花」を創刊し、和歌革新運動に参加。父弘綱と『日本歌学全書』を刊行、和歌史および『万葉集』の研究など不朽の業績を残した。歌集に『思草』など。唱歌「夏は来ぬ」「勇敢なる水兵」などの作詞もある。

むしめがねかけて思へば人の目はさやかに物はみずぞありける　「顕微鏡」

猿渡容盛《さわたりひろもり》（文化八《1811》～明治十七《1884》）〈一編23首、二編1首、三編6首、計30首〉

武蔵府中六所宮の神官、国学者。盛章の長子。小山田与清の門に学ぶ。学風としては平田篤胤を慕った。盛愛《もりえ》は次男。宮内省派。明治現存三十六歌撰。『類題新竹集』（明治四年刊）を編纂。

しかすがにわすれもはてぬ皇国ぶり簪ほしげなる人も見えけり　「西洋料理」

猿渡盛愛《さわたりもりえ》〈一編2首、三編23首、計25首〉

容盛の次男。神職。歌人。明治現存続三十六歌撰。武蔵府中に住んだ。

これやこの天はせつかひ翅えてかよふに似たるかち便かな　「郵便」

三条西《さんじょうにし》　季知《すえとも》（文化八《1811》～明治十三《1880》）〈一編3首、二編2首、計5首〉

堂上派。国学に通じ和歌を善くする。三条西実勲の子。維新の功臣。正二位勲二等。三条実美らと尊皇攘夷を唱え、幕府の忌む所となり、実美ら六卿と太宰府に居ること五年。慶応の末、京師に帰り、歌道をもって天皇に侍し、寵遇厚かった。文学御用掛。明治現存三十六歌撰。

ことのはのかよふをみれば風の音の遠きさかひはなき世なりけり　「電信機」

三田《さんだ》葆光《かねみつ》（文政七《1824》～明治四十《1907》）〈一編8首、二編6首、三編6首、計20首〉

従六位。宮内省派。明治現存三十六歌撰。香川景樹門の三田花朝尼の養子。仲田顕忠の門に入り、晩年には黒川真頼に学んだ。維新前は函館奉行、支配組頭。維新後は教部省出仕により太政官少史や師範学校の教師になった。著書に『大幣弁妄』、歌集に『櫨紅葉』。

　二並のつくばの山は天地のはじめになれるすがたなりけり　「男女同権」

三田《さんだ》花朝尼《かちょうに》（寛政四《1792》～明治二十一《1888》）〈一編1首のみ〉

本名みを子。三田葆光の母。江戸時代末期から明治期の歌人。子の葆光が箱館奉行支配組頭として赴任した際に同行し、現地での見聞を記した『箱館日記』の著がある。

　ひらけゆく君のめぐみのあつ氷夏もうる世となりにけるかな　「氷売」

城《じょう》　慶度《よしのり》〈三編11首〉

　東京市京橋区南鍋町に住んだ。

　わが世にも似たるは麦の酒なれやにがにがしくも汲まれぬるかな　「麦酒」

鈴木《すずき》重嶺《しげね》（文化十一《1814》～明治三十一《1898》）〈一編15首、二編5首、三編3首、計23首〉

旧幕臣。旗本。従五位。宮内省派。明治現存三十六歌撰。村山素行に国学を学んだ。勘定吟味、旗奉行を経、佐渡奉行となり兵庫頭となる。維新後は浜松県参事、佐渡・相川県権知事となる。東京に出て歌の師匠となるが、民間派として終始。鶯蛙吟社を組織して歌誌「詞林」を創刊。重嶺没後は「心の華」に合併した。最近、鈴木重嶺顕彰会が発足した。

　横にはふ蟹なすもじは学ぶともなほき御国の道なわすれそ　「洋学生」

千家《せんけ》尊福《たかとみ》（弘化二《1845》～大正六《1917》）〈二編5首〉

従四位。明治現存三十六歌撰。出雲に生まれる。父は尊澄、代々出雲大社宮司。その尊澄についで国学および和歌を学んだ。尊澄は本居内遠の門。尊福は維新後、各府県知事、司法大臣を歴任した。

八街をてらすのみかは家ごとに光をかすのともし火やこれ　「瓦斯灯」

高崎正風《たかさきまさかぜ》（天保七《1836》～明治四十五《1912》）〈二編1首のみ〉

従五位。朝臣。鹿児島生まれ。通称佐太郎。国学および和歌を若松則文・八田知紀に学んだ。維新前には国事に奔走し、功があった。明治九年御歌掛、十九年御歌掛長、御歌所所長として、永年、題者・点者を勤めた。和歌をもって明治帝の信任厚く、二十八年には枢密顧問官に任ぜられた。明治現存三十六歌撰。家集『たづがね集』。著述『歌ものがたり』。

天雲のよそにへだてし国人も友としたしむ君が御代かな　「交際」

高橋蝸《たかはしか》庵《あん》（文化九《1812》～明治十四《1881》）〈一編5首、二編14首、計19首〉

名を世平と称す。源姓。蝸庵は号。幕府に仕え甲府の衛士をつとむ。天保二年江戸に移り神奈川調役など数職につく。のち静寛院宮天障夫人の用達となる。明治一年致仕。報知新聞社員となり、いくばくもなくこれを辞し、みずから吟詠に親しむ。客と囲碁中に病を発して倒れ、まもなく没。横浜月岡町宮邸に住んだが、芝神明町にも寓居があった。

結ぼれてふるきに凝る心をもいとやすやすと説きわくるかな　「演説会」

宝田通文《たからだみちふみ》〈二編4首〉

東京で精義塾を開く。歌人岡麓がアララギ入会以前に通文から国漢文を学び、和歌の添削をうけたという。四谷須賀町に住む。著書『当仁迺遠求斜』。『千代田歌集』にも名前が載る。

　色々の花鳥のかた綾なして毛おりむしろにしくものもなし　「絨緞」

谷勤《たにいそし》（天保六《1835》〜明治二十八《1895》）〈二編14首〉

正七位。常陸水戸藩士。会沢正之の門に学ぶ。維新後、水戸の戸長。奈良県の大和神社の大宮司を経て、宮内省文学御用掛、御歌所掛をつとめた。

　大海原波路へだつる国と国も妹背を契るなかだちぞせる　「外婚」

力石重遠《ちからいししげとお》〈二編2首〉

文学御用掛（明治九年）。明治現存三十六歌撰。『千代田歌集』に名前が載る。

　むかし誰かかる桜木うゑそめて文字の林の世にしけるらむ　「活版」

鶴久子《つるひさこ》（天保一《1830》〜明治三十二《1899》）〈一編2首〉

明治現存三十六歌撰。江戸派の歌人、鶴園蜂屋光世の妻。光世没後、鶴園にちなんで鶴を姓とした。和歌を山田常典に学び、書もよくした。本所松井町に住み、多くの門下がいた。

　小車のあと見ぬ駒にまかせつつ我はた知らぬ道いそぐかな　「馬車」

中島歌子《なかしまうたこ》（弘化一《1844》〜明治三十六《1903》）〈一編5首〉

江戸生れ。幼名とせ。維新の騒乱で水戸藩士の夫、天狗党の林忠右衛門と死別。早く加藤千浪に和歌を学んで、家塾萩の舎を開き、伊東祐命・小出粲らの援助のもとに主に上・中流層の夫人に和歌・古典・書道を教授。樋口一葉はじめ門下は千余人に及んだという。明治現存三十六歌撰。民間派。山川菊栄の『武家の女性』に紹介がある。

仮そめの人のちからにいづる火を石にのみともおもひけるかな　「摺附木」

中村秋香《なかむらあきか》（天保十二《1841》〜明治四十一《1908》）〈一編2首〉

駿州府中生れ。国学を松木直秀の門に、漢籍を明新館に学ぶ。維新後、内務・文部の諸省、帝大、東京高女、女子高師、一高等を歴任、三十年、宮内省御歌所寄人。新題の和歌とくに唱歌の作詞にすぐれた。当時、御歌所に唱歌の作詞を求めるもの多く、彼の御歌所入りはそのためだったという説がある。『日本唱歌集』（岩波文庫）に「漁業の歌」が入っている。著作は家集『秋香集』『新体詩歌自在』など。

横さはふ蟹のあしでの跡とめて道しるべする浜千鳥かな　「翻訳書」

南部《なんぶ》祝子〈二編3首〉

当歌集巻末の名簿に南部藩・従五位利克《としなり》の母との記載がある。利克は八戸南部藩十二代の当主。八戸藩は戊辰戦争に際しては深入りをしなかった。本芝四丁目居住。

思ひきやわわけたる布かくばかりましろき紙にならん物とは　「洋紙製造」

林信立《はやし》〈一編21首、二編12首、三編8首、計41首〉

正五位。明治政府の財務官僚と書いたものがあり、出納頭という役職名で書かれた明治九年の公文書が残っている上、松浦詮編の『蓬園月次歌集』にも歌と文が残っているので、御歌所に関係する歌人と思われるが、詳細未詳である。『開化集』第三編の終章に平井元満と並んで「写真店」と題する長・短歌各一首を出詠し、名実共にこの総合歌集の巻末を飾っている。ユーモアもある人。

たらちねのともしき乳にもみどり子のうゑぬはうしの恵なりけり　「牛乳」

速水《はやみ》行道《ゆきみち》〈二編7首〉

明治現存続三十六歌撰。岐阜県美濃郡上の青山侯の士。幕末明治期の国学者で歌人。戊辰戦争の際には反政府側に立ち「凌霜隊」の副隊長・参謀として戦った。のち、県に仕えて図書属となる。著書に『木字考』『皇統正閏考』。

養の道をしみれば馬ならでうまはる牛の数もしられず　「牧牛場」

平井《ひらい》元満《もとみつ》〈二編4首、三編4首、計8首〉

林信立とともに『開化集』の最終巻末に「蒸気船旅行」と題する長・短歌各一首を出詠している。明治十七年、『東京大家十四家集』の編者を務めたが、この家集名の「大家」について海上胤平に「大家とあるは大きなる家に住人をいへるにや、歌をたくみによめる人をさしていへるにや、歌集にかかる名をつけたる例きかねば心得がたし」と批判されたのは有名。

　こがらしはとはに吹かねどいづかたもことのはがきは散らぬ日もなし　「端書郵便」

福島弥継《ふくしまひさつぐ》〈三編10首〉

武蔵の国南多摩郡に住む歌人。

　大御代の光もそひて都路をかがやかすてふともし火ぞこれ　「瓦斯灯」

福住正兄《ふくずみまさえ》（文政七《1824》〜明治二十五《1892》）〈一編1首のみ〉

二宮尊徳の高弟。幼名政吉、号は蛙園・福翁など。相模の人。小田原藩の藩校集成館の幹部、吉岡信之に国学・和歌を学ぶ。箱根湯本の福住家の養子となり、家や村の復興に尽力。『二宮翁道歌解』『富国捷径』などの著書がある。

　くらゐ山高根の松に咲きにほふ藤はいかなる縁なるらん　「権妻」

福羽美静《ふくばよししず》（天保二《1831》〜明治四十《1907》）〈収載歌なし〉

子爵。従四位。明治現存三十六歌撰。石見生まれ。津和野藩士。号は硯堂。国学および和歌を大国隆正に学ぶ。維新前国事に奔走、維新後は侍講となり、のちに元老院議官に任ぜられた。歌道御用掛。家集『硯堂歌抄本』著述『近世学者歌人年表』『国民の本義』など。『開化集』に歌は寄せてないが、二編の序に開化の特質を衝いた「風・変・化・移」の含蓄深い四文字を揮毫している。「美静」のほか「鶯花園」「木園」の雅印が捺してある。

藤田《ふじた》寛孝《かんこう》〈三編10首〉

歌人。小石川大塚窪町に居住。

もろ人にかはりてはてしくれなゐのちしほの今も汲んとやする　「耶蘇教」

藤波教忠《ふじなみのりただ》（文政六《1823》〜明治二十四《1891》）〈二編6首、三編8首、計14首〉

公家。号は水石。光忠の子。正二位神祇大副に至る。日米修交通商条約の勅許の際、強硬に反対。

国てふは人もてなれり其人にはかりはかりてのりぞたつべき　「国会」

藤村叡《ふじむらえ》運《うん》（嘉永一《1848》〜大正六《1917》）〈三編3首〉

住所録に東大寺中真言院住職との記述がある。真言宗の大僧正。和歌を中村良臣、良顕に学ぶ。大阪の自性院に住み円珠庵住職も兼ねた。

楫枕《かじまくら》かりそめに見る夢のまに千里の旅と身はなりにけり　「汽船旅行」

星野《ほしの》千之《せんし》〈一編19首、二編10首、三編9首、計38首〉

従五位。明治現存三十六歌撰。旧幕臣。外国奉行。遣欧使を命じられたが実現せず、備中守に任じられ、慶応二年、禁裏《きんり》付《づき》となった。これは幕府の職名で、天皇の様子を記録し、皇居守護、経費管理などの職能がある。『開化集』一編に注目すべき序文を寄せており、一編から三編まで洩れなく歌を出詠し、この歌集の編集協力者の一人として注目される。

今は世にふかき筒井の水までも人のこころにまかせぬはなし　「喞筒《そくとう》」〈ポンプ〉

前島逸堂《まえじまいつどう》〈一編9首〉

歌人。東京本所松井町に居住。『千代田歌集』にも名前が載る。

結ひたでし髪のもとどり切りはらひ神代のままにかへるけふ哉　「断髪」

松門三艸子《まつのとみさこ》（天保三《1832》〜大正三《1914》）〈一編1首のみ〉

江戸生まれ。家は商家。容姿に優れ、はじめ深川の商人に嫁いだが、十六歳で寡婦となり帰家。生家破産後は芸妓となり小三と称す。和歌を井上文雄に学んだ。嬌名天下に聞こえた。著に『松の門三艸子歌集』がある。

松平　慶永《まつだいらよしなが》（文政十一《1828》〜明治二十三《1890》）〈一編3首、二編4首、三編3首、計10首〉

すみだ川流すともし火影とめて人のこころのよる瀬なりけり　「墨水流灯」

正二位。幕末の福井藩主。号は春岳。将軍継嗣問題および条約締結の件で大老井伊直弼と意見を異にし隠居・閉門を命じられたが、後に赦免。明治三年、大学別当兼侍読をはじめ明治政府の議定・民部卿・大蔵卿を歴任。『開化集』には一編から三編まで洩れなく出詠し、この歌集の刊行に大きく関与している一人。著名歌人の田安宗武は曾祖父に当たり、明治十四年出板の『明治三十六歌撰』にも撰ばれている。

明らけくをさまれる世もものゝふはつねにいくさをならしのの原　「練兵」

松平　忠敏《まつだいらただとし》（文政一《1818》〜明治十五《1882》）〈一編3首、二編1首、計4首〉

明治現存三十六歌撰。旧幕臣、旗本。長沢松平家の第十八代当主。通称、主税助。明治九年、宮内省文学御用掛。剣技にすぐれ、新選組を題材にしたドラマなどで松平主税助の名で登場している。

　あなうしのししをやうらむ武士の世にあき人となりし身の果　「士族商法」

本居豊穎《もとおりとよかい》（天保五《1834》〜大正二《1913》）〈一編6首〉

国学者・歌人。本居内遠の子。宣長の曾孫。和歌山に生れ、和歌山藩に仕官。維新後、神道界に活躍し大教正。明治現存三十六歌撰。東宮侍講。帝国学士院会員。著書『本居雑考』『古今集講義』など。

　天のしたありのことごと知られけりこや久延毘古のかみの一ひら　「新聞紙」

八木《やぎ》雕《あきら》（文政十一《1828》〜明治四十三《1910》）〈一編11首、二編9首、三編4首、計24首〉

犬山藩士。正七位（のち正五位）。通称は銀治郎。字は鱗之、号を華堂と称した。幼少より学問に熱心で長じて犬山藩校の教授等となった。将軍継嗣問題が起こるや、これに絡み謹慎した尾張藩主徳川慶勝らの幽閉を解くために献身した。諸藩士とも広く交友し、蛤御門の変による長州征伐については、毛利氏の謝罪に尽瘁し、無血解決に導いた。維新後は犬山藩の藩政や諸陵権助等に任ぜられ、のち神祇省に移り、教部大録となった。官職を辞してからは悠々詩歌を友にし没した。『千代田歌集』にもその名を残す。

つはもののこもりし跡をほの見せて芝生になびくはた薄哉　「廃城」

屋代柳漁《やしろりゅうぎょ》〈一編30首、二編6首、計36首〉

明治現存三十六歌撰。名は忠良。通称、増之助。号柳漁。旗本、屋代忠国の養子。評定所・御勘定所吟味役・大阪郡奉行などを務める。短冊など歌を逆手（鏡に映すと正常に読める）で書いた人で、まことに異色歌人。三編に出詠ないところを見ると二編発行後にみまかったものか。

おなじとは誰かいふらむ鳥すらも牝鳥は時をつけぬ也けり　「男女同権」

山田《やまだ》謙益《かねみつ》〈一編2首〉

明治現存三十六歌撰の撰者。ちなみに三十六歌撰には続編があるが、続編は正編に洩れた人を集めたもので、撰者は豊島有常。謙益は歌界に詳しい人で自らも作歌している。

かくばかり開けもゆくかかざすべき傘をも杖につく世と成ぬ　「蝙蝠傘」

横山由清《よこやまよしきよ》（文政九《1826》〜明治十二《1879》）〈一編12首〉

従六位。宮内省派。明治現存三十六歌撰。国学を本間游清・伊能穎則に、和歌を義母横山桂子・井上文雄に学ぶ。新政府に召され、昌平学校史料編集、大学中助教となった。晩年、東京大学に日本古代法制史を講じた。和学講談所教授。元老院少書記官。『横山由清考』の著作がある。

次の例歌は『開化集』第一編の巻頭を飾る歌。

天津日のあゆみにならふ暦にもひらけゆく世のしるしみえけり　「大陽暦」

脇坂安斐《わきさかやすあや》（天保十一《1840》〜明治四十一《1908》）〈一編1首、二編2首、計3首〉

播磨竜野第十代藩主。東京住。通称鎮三郎。名は安岑、号は香山。霞廼屋・力囲斎（茶道）。子爵。伊勢藤堂高猷の四子。安宅《やすもり》の養子。明治四年廃藩後、錦鶏の間祇候。御歌所に奉仕。茶道宗偏の家元を預り謡曲、鼓等にも通じた。明治四十一年二月二十七日没。享年七十。

一すぢに思ひしよりは白糸を解くも結ぶもおのがまにまに　「自主自由」

渡 忠秋《わたりただあき》（文化八《1811》〜明治十四《1881》）〈二編1首のみ〉

明治現存三十六歌撰。近江生まれ。京都に出て和歌を香川景樹に学んだ。右大臣三条実万に仕えた。景樹没後の京都にあってよく桂園派を守り、維新後は召されて宮中御歌所に出仕した。『読史有感集』の著などがある。

わぎも子の花のすがたをうれしくも物いふばかり写しつるかな　「撮影」

あとがき

少し前の話になるが、私は小田急線鶴川駅近くにある白洲次郎旧邸「武相荘《ぶあいそう》」を訪れたことがある。一室に福沢諭吉の書いた扁額がかかり、そこには「束縛化翁是開明」の七文字が書いてあった。解説によると七文字は「化翁を束縛す是れ開明」と読み「造化の神様を縛り上げて、これを人間の生活のために使いこなす事、これが文明開化というものだ」という意味であった。「文明開化」の言葉は福沢の造語と言われるが、これを「束縛化翁」と言うのは強烈で、忘れ得ない感銘を残した。

本書の表題は、はじめ『開化新題歌集抜粋』とするつもりであったが、これでは内容がわかりにくいので『文明開化の歌人たち』と改め、サブタイトルに「『開化新題歌集』を読む」を付けることにした。『開化の歌人たち』と銘打った以上、収録歌人六十三名の略歴の解説には極力注意を払ったつもりである。

さて、来る平成三十年は、明治一五〇年という。この小著を手にされる方は各人ご随意に読んでいただきたい。

参考文献

〈歌集関係〉

石山徹郎『日本古典読本12　現代短歌』（日本評論社、昭和十六年《1941》）

大熊弁玉「瑲々室集」『校注国歌大系20』（国民図書、昭和三年《1928》）

小泉苳三編『現代短歌大系1　創成期』（河出書房、昭和二十七年《1952》）＊解読された『開化新題歌集』一編（全）が収録されている。

小竹即一編・阪正臣校訂『増補　明治・大正・昭和勅題歌集』（万里閣書房、昭和五年《1930》）

佐々木弘綱編「明治開化和歌集抄」『新日本古典文学大系・明治編4　和歌・俳句・歌謡・音曲集』（岩波書店、平成十五年《2003》）

豊島有常編『明治現存　続三十六歌撰』（雪吹廼屋、明治十八年《1885》）

府中市郷土資料館・猿渡容盛編『府中市郷土資料集9　類題新竹集』（府中市教育委員会、昭和六十一年《1986》）

明治神宮社務所謹刊『明治天皇御集・昭憲皇太后御集』（明治神宮社務所編、昭和三十九年《1964》）

山田謙益編『明治現存　三十六歌撰』（雪吹屋、明治十年《1877》）

山本三生編『現代日本文学全集38　現代短歌集・現代俳句集』（改造社、昭和四年《1929》）　＊本書には斎藤茂吉の評論「明治大正短歌史概観」が収録されている。

〈辞典・事典・年表類〉

伊藤整ほか編『新潮日本文学小辞典』（新潮社、昭和四十三《1968》年）
犬養廉ほか編『和歌大辞典』（明治書院、昭和六十一《1986》年）
岩波書店編集部編『近代日本総合年表　第二版』（岩波書店、昭和五十九《1984》年）
大久保忠保『明治期国語辞書大系・雅6　掌中　雅言栞』複刻版（大空社、平成十《1998》年）
大塚史学会編『郷土史辞典』（朝倉書店、昭和三十《1955》年）
大槻文彦『言海』ちくま学芸文庫（筑摩書房、平成十六《2004》年）
『角川日本史辞典』角川書店、初版（高柳光寿・竹内理三編、昭和四十一《1966》年）、第二版（同編、昭和四十九《1974》年）、新版（朝尾直弘・宇野俊一・田中琢編、平成八《1996》年／八版、平成二十五《2013》年）
国史大辞典編集委員会編『国史大辞典』（吉川弘文館、昭和五十五《1980》〜平成九《1997》年）
簡野道明『字源　縮刷版』（北辰館、大正十四《1925》年）
坂本太郎監修『風俗辞典』（東京堂、昭和三十二《1957》年）
新村出編『広辞苑　第六版』（岩波書店、平成二十《2008》年）
歴史学研究会編『日本史年表　増補版』（岩波書店、平成五《1993》年）
歴史群像編集部編『幕末維新人物事典　天皇・公家・将軍・幕臣・大名・藩士・諸隊隊士・女性・商人・外国人ほか　全国版』（学研パブリッシング、平成二十二《2010》年）

〈研究書ほか〉

井上勝生『シリーズ日本近現代史1　幕末・維新』岩波新書（岩波書店、平成十八年《2006》）

色川大吉『明治の文化』岩波現代文庫（岩波書店、平成十九年《2007》）

色川大吉『明治精神史』上・下、岩波現代文庫（岩波書店、平成二十年《2008》）

岡本綺堂著、岸井良衛編『江戸についての話』（青蛙房、昭和三十一年《1956》）

門松秀樹『明治維新と幕臣「ノンキャリア」の底力』（中央公論新社、平成二十六年《2014》）

ドナルド・キーン著、角地幸男訳『明治天皇』全4巻、新潮文庫（新潮社、平成十九年《2007》）

ドナルド・キーン著、角地幸男訳『明治天皇を語る』新潮新書（新潮社、平成十五年《2003》）

桑山童奈監修・そごう美術館編『横浜浮世絵にみる横浜開港と文明開化（横浜開港１５０周年記念）』（そごう美術館、平成二十年《2008》）

齋藤純「〈史料紹介〉ペリー艦隊浦賀来航直後に流布していた「太平のねむりをさます上喜撰」狂歌」横須賀開国史研究会編「開国史研究」第十号（横須賀市文化振興課、平成二十二年《2010》）

斎藤茂吉『斎藤茂吉全集35　明治大正短歌史』旧版（岩波書店、昭和三十年《1955》）　＊「明治和歌革新運動の序幕に至る迄の考察」ほかが収録されている。

アーネスト・サトウ著、坂田精一訳『一外交官の見た明治維新』上・下、岩波文庫（岩波書店、昭和三十五年《1960》）

篠田鉱造『増補　幕末百話』岩波文庫（岩波書店、平成八年《1996》）

篠田鉱造『明治百話』上・下、岩波文庫（岩波書店、平成八年《1996》）
島崎藤村『夜明け前・第二部』上・下、岩波文庫・改版（岩波書店、平成十五年《2003》）
新藤茂監修、川崎・砂子の里資料館・神奈川新聞社企画事業部編『横濱開港１５０周年記念　横浜浮世絵　近代日本をひらく』（神奈川新聞社、平成二十一年《2009》）
高村光雲『幕末維新懐古談』岩波文庫（岩波書店、平成十九年《2007》）
立川昭二『明治医事往来』講談社学術文庫（講談社、平成二十五年《2013》）
鉄心斎文庫所蔵・芦沢新二コレクション『短冊』（伊勢物語文華館、平成十四年《2002》）
鉄心斎文庫所蔵・芦沢新二コレクション『短冊２』（同、平成十五年《2003》）
東京日日新聞社会部編『戊辰物語』岩波文庫（岩波書店、昭和五十八年《1983》）
野口武彦『維新の後始末　明治めちゃくちゃ物語』新潮新書（新潮社、平成二十五年《2013》）
橋爪貫一（松園）著、大久保忠保校『楷行二体 新撰千字文』（青山堂、明治六年《1873》頃）
福沢諭吉著、服部礼次郎編『福翁百話』（慶応義塾大学出版会、平成二十一年《2009》）
堀内敬三・井上武士編『日本唱歌集』岩波文庫（岩波書店、昭和三十三年《1958》）
A・B・ミットフォード著、長岡祥三訳『英国外交官の見た幕末維新　リーズデイル卿回想録』講談社学術文庫（講談社、平成十年《1998》）
山川菊栄『武家の女性』岩波文庫（岩波書店、昭和五十八年《1983》）
横浜開港資料館編『横浜もののはじめ考』第３刷（横浜開港資料普及協会、平成六年《1994》）

横浜市歴史博物館編『黒船・開国・社会騒乱　日記にみる１５０年前の横浜　横浜開港１５０周年記念企画展』
（横浜市歴史博物館・横浜市ふるさと歴史財団、平成二十一《2009》年）
和田英『富岡日記』ちくま文庫（筑摩書房、平成二十六《2014》年）

〈ま行〉

〈や行〉

〈ら行〉

〈わ〉

歌題索引

本書で取り上げた和歌の歌題を編（丸数字）とページ数で示す。
歌 は「収載歌人の人と歌をめぐって」を示す。

著者（あおた　のぶお）　昭和5年朝鮮釜山に生まれ20年に母国に引き揚げる。32年「歩道」に入会し佐藤佐太郎に師事。「横浜歌人会」副代表を約18年間務める。現在、「日本歌人クラブ」南関東ブロック参与、「現代歌人協会」会員。横浜市在住。

〈著作・執筆・受賞〉

昭和39年「短歌研究」新人賞次席
41年　合同歌集『歌集新鋭十二人』（新鋭十二人編、短歌新聞社〔以下＊同社刊〕）
43年　第8回歩道賞（結社賞）受賞
46年　第1歌集『光炎』＊
53年『佐藤佐太郎「帰潮」全注』＊
57年　第2歌集『樹冠』＊
62年　論集『大伴家持の人と歌』＊（第3回瀬古確記念「千葉（せんよう）文学賞」受賞）
平成3年　第3歌集『湾橋』＊
平成3年1月～6年6月　神奈川新聞「歌壇時評」執筆
7年『歌人のエッセイ集　随縁記』（近代文芸社）
13年　第4歌集『菩提樹の下』＊（東西ドイツ併合直後の旧東ドイツ旅行詠を収める）

文明開化の歌人たち

『開化新題歌集』を読む

発　行　2017年12月18日　初版

著　者　青田伸夫 © 2017 AOTA Nobuo

発行者　鈴木信男

発行所　大空社出版㈱

〒114-0032　東京都北区中十条4-3-2

電話 03-5963-4451　FAX 03-5963-4461

万一、落丁・乱丁の場合はお取り替えいたします。

ISBN978-4-908926-19-8 C0092　定価（本体1,600円＋税）